엄마, 왜 드라마보면서 울어?

엄마, 왜 드라마보면서 울어?

도연

어머니가 말씀하셨다.
산다는 건 늘 뒤통수를 맞는 거라고.
인생이란 너무 참으로 어처구니가 없어서
절대로 우리가 알게 앞 통수를 치는 법이 없다고
나만 아니라 누구나 뒤통수를 맞는 거라고,
그러니 억울해하지 말라고.

어머니는 또 말씀하셨다.
그러니 다 별일이 아니라고.

하지만 그건 육십 인생을 산 어머니 말씀이고
우리는 너무도 젊어, 모든 게 별일이다.

드라마 〈그들이 사는 세상〉 中

프롤로그 : 드라마처럼 살아라

———

　드라마처럼 살고 싶었다. 여배우들처럼 미녀는 아니지만 근사한 남자를 만나 역경들 속에서도 굴하지 않고 행복하게 오래오래 잘 살았습니다… 하고 해피엔딩이 되는, 권선징악이 분명한 착한 드라마 같은 삶을 살고 싶었다. 하지만 현실은 지독하다. 매번 치졸하고 찌질하고 비겁한 남자들만 사귀었고, 그런 놈들에게 상처받고 울기 일쑤였다. 현실엔 멋진 실장님은 없고, 회사에는 또라이만 가득했다. 지독한 현실에서도 드라마 같은 사연은 쏟아졌다. 부모님의 이혼으로 겪은 10대의 방황, 내 몸 하나 뉠 방 한 칸이 없는 서러움에 눈물 흘렸던 서울생활, 부모님의 반대로 남자에게 차여버린 서른넷의 기억. 드라마 소재로 쓴다고 해도 어느 하나 시시하지 않을 내용으로 인생이 채워지고 있다. 해피엔딩이길 바라는 나의 인생 드라마에서, 지금 몇 화쯤의 이야기를 겪고 있는 걸까.

남들과 다른 삶의 속도를 비관하며 잠 못 들던 밤. 세상 모두가 손가락질하는 것 같은 피해 의식에, 상실감에, 비참함에, 축축한 원룸에서 이불을 뒤집어쓰고 한참을 울던 밤들. 나를 이해하기 위해 무언가를 끊임없이 읽고, 보고, 무언가를 끊임없이 썼다. 살아온 모든 생애를 되돌아보며, 연고도 없는 통영으로 내려가 자발적 유배까지 하면서. 이 글을 쓰기까지 4년이란 시간 동안 나를 이해하고 다독이는 시간을 보내며 나는 조금 가벼워질 수 있었고, 비로소 아빠를, 엄마를, 당신들을, 그리고 나를 이해해보려 한다.

'누구나 사연은 있는 거야, 산다는 건 누구나 똑같아.'라고 다독이는 드라마 대사에서 깊은 공감과 위로를 받았다. 좋아하는 대사들을 마음에 꼭꼭 눌러 담아 글로 풀어내며. 좋아하는 모든 드라마를 다시 정주행했다. 인생 드라마 몇몇 작품은 스토리와 내 인생을 결부시키기엔 부족한 경험과 표현의 미숙함으로 빠지게 되었다. 아쉬운 일이지만 조금 더 살아낸 후에 이야기하는 것이 옳다고 판단했다. 명대사를 써주신 드라마 작가님들 모두를 존경한다.

그리고 이 책을 통해 자아를 고백하고, 내 생애를 되뇌며 쓴 글들이 누군가에겐 상처가 되지 않길 바란다. 무엇보다 엄마가 나의 글들을 보며 울지 않길 바란다.

해피엔딩을 향해 가는 나의 인생 드라마는 결방 없는, 현재 진행형이다. 본방 사수 하시길!

CONTENTS

2장. 나는 네가 지치지 않았으면 좋겠어

3장. 한치앞도 알 수 없는 인생이란 드라마

해피엔딩이길 바라는 나의 인생 드라마에서

나는 지금 몇 화쯤의 이야기를 겪고 있는 걸까

1장

당신, 매일 이별하며 살고 있나요?

그를 이해하면, 나는 나아질 수 있을까?

우리가 결혼할 수 있을까, JTBC 2012

15살에 부모님이 이혼했다. 한 번도 돈을 벌어본 적 없던 엄마가 무슨 일이든 가리지 않고 하게 된 건 그때가 처음이었다. 전학을 가고, 친구가 없어 도시락을 혼자 먹은 건 나도 그때가 처음이었다. 그때는 1999년 여름이었다. 교실 단상에 올라가 '친구들아 잘 있어라.' 인사한 후, 엄마 손을 잡고 운동장을 걸어 나왔다. 많이 서러웠다. 엄마가 울까 봐 울지는 않았다.

드라마 속 혜윤과 나는 많이 닮았다. 아버지의 부재로 두 딸을 홀로 키우게 된 엄마. 동생을 돌보느라 철이 일찍 들어버린 언니, 쉽게 가족에 속하려 들지 않는 혜윤까지. 엄마와 언니, 우리 셋은 나란히 침대에 누워 드라마를 보며 울었다. 서로 우는 것을 모른 체하면서.

혜윤은 당당하고 똑 부러지는 당찬 여자다. 정훈에게는 자신의 자격지심을 털어놓으며 눈물을 흘리기도 한다. 혜윤은 정훈에게 아빠 같은 우직함을 원했지만, 결혼을 준비하며 흔들리는 정훈의 모습에 자꾸 실망했다.

"아빠 같은 남잘 계속 찾았었어. 나한텐 네가 아빠 같은 사람이야. 이번에 알게 되었어. 아빠도 모든 걸 받아주지 않는다는 걸. 너무너무 좋아서 버려질까 두려워. 계속 네 사랑을 시험하게 돼."

나는 연인들에게서 아빠의 빈자리를 대신할 아빠 같은 사람을 찾아다녔다. '서른 넘어서 무슨 부모 타령이야.'라고 사람들은 말하지만, 내 안에 아빠의 사랑을 갈망하는 15살 소녀가 살고 있다. 아빠는 내가 15살 되던 해, "애들은 어떻게 해!"라는 엄마의 외침을 무시한 채 뒤돌아 나가버렸다. 그날의 장면이 오래도록 나에게 트라우마로 남아 지워지지 않을

지 몰랐다. 연애를 시작하면 트라우마를 연인으로서 충족하려 하는 이기심이 자꾸 튀어나왔다. 누군가를 사랑하기 시작하면 떠나보내지 않기 위해 안간힘을 썼고, 혼자 남지 않으려고 애썼다. 반복되는 연애 패턴을 어떻게든 떨쳐버리려고 해봤지만 잘 고쳐지지 않았다. 바보 같은 실수를 계속 반복했다. 악순환이었다. 누군가를 떠나보내는 것, 그리고 떠난 자리에 혼자 남는 것이 두려웠다.

나의 마지막 연애는 집안의 차이로 헤어졌다. 남자의 부모가 나의 배경을 마음에 들어 하지 않았고, 드라마와 달리 현실에선 남자가 부모의 반대에 맞서지 않았다. 얼마간 무너졌고, 모든 트라우마와 정면으로 마주했다. 힘든 시간을 보내며 그동안 콤플렉스라고 여겼던 나의 부모와 배경이 어쩌면 문제가 아니었을지도 모른다는 생각을 했다. 시간이 지나고 나니 연인을 잃은 것보다 온 힘을 다해 길러준 엄마를 잠시나마 원망했다는 사실이 더 후회스러웠다. 무엇보다 내가 나의 가치를 저평가했다는 것이 몸서리치게 괴로웠다. 나의 환경들을 비난하고 상처 내면서까지 얻을 수 있는 가치 있는 남자는 없었다. 문제는 그도, 그의 부모도 아닌 나의 자격지심이었다.

"해윤아, 난 백마 탄 왕자가 아니야. 너의 아빠도 될 수 없어. 한 남자로 존중받고 싶어. 가끔은, 나약하기도 하고 위로받고 싶기도 해."

　나는 이제 누군가에게서 아빠를 찾아내는 역할극을 그만두려 한다. 곁에 있는 누군가를 통해 완전해지려 않고, 트라우마를 극복하려 애쓰지 않고, 상처를 억지로 덮으려고도 하지 않으려 한다. 결핍을 해소하기 위해 상대를 이용하는 일은 그와 나를 더 상처받게 할 뿐이란 걸 느낀다. 아빠의 뒷모습을 영원히 지울 수 없을 것만 같지만, 그 시절 아빠의 나이를 넘어서며, 그를 조금은 이해해보려 한다. 우리의 부모도, 내가 사랑하는 사람들도 나약하고 위로받고 싶은 사람일 뿐이란 걸.

　나의 아빠. 밉지만 미워할 수 없는 그를, 도저히 이해할 수 없는 그를 이해하게 되면, 나는 나아질 수 있을까?

내 안에 숨겨져 있던, 극복했다고 생각했던 모든 열등감들이 튀어나오기 시작했어. 난 왜 부잣집 딸이 아닐까, 왜 우리 엄만 품격있지 못할까, 왜 아빠 일찍 돌아가셨을까.

드라마 〈우리가 결혼할 수 있을까〉 中

이제 그만,
그의 뒷모습을 지워도 돼.

익숙해지지 않는 이별

———

로맨스가 필요해2, tvN 2012

스무 살에 첫 연애를 시작하고 벌써 10년을 넘게 사랑하고 이별했다. 서른이 넘으면 모든 이별에 의연해질 줄 알았는데, 이별은 도무지 익숙해지지 않는다.

> "세상에는 두 가지의 부류의 여자가 있다.
> 헤어질 때 뒤돌아보는 여자와 뒤돌아보지 않는 여자.
> 나는 뒤를 돌아보는 여자다."

열매는 뜨거운 여자다. 사랑하면 사랑한다, 보고 싶으면 보고싶다, 매몰차게 차버린 석현 앞에서도 끝까지 사랑을 찾겠노라 당당하게 말하는 여자. '잘 가, 안녕.' 인사하고 몇 걸음

못가 뒤돌아보는 여자, 나도 뒤돌아보는 여자다. 조금 더 보태 말하자면 그가 뒤를 돌아보고 있지 않을까 봐 마음 졸이며, 뒤돌아보는 여자.

스무 살부터 8년간 쉼 없이 연애했다. 8년 동안의 연애를 끝내고 누구를 그리워해야 할지 생각했다. 스무 살에 만나 군인일 때 매몰차게 차버린 C, 캠퍼스 커플로 3년을 만나며 사랑의 괴로움을 알게 한 J...? 누구를 떠올리며 술을 마셔야 하는지, 누구와의 이별을 그리워해야 할지 몰랐다. 우린 각자에게 유일한 우주이며 세상이었다. 그렇지만 이별 후에 난, 아파할 시간 없이 곧바로 다른 연애를 시작했다. 한 달 만에 다른 사람을 사랑하며 직전의 연애를 잊어내는 패턴을 반복했다. 사랑한 시간을 기억하고 떠나보내기에, 충분한 시간은 아니었다. 이런 내가 정말 별로라고 생각했다.

"나이가 들어가면서 깨닫는 것은 아름다운 연애보다.
아름다운 이별이 훨씬 어렵다는 것이다."

이후로 난 지난 연애에 대한 애도의 시간을 가져보기로 했다. 지난 연애를 서서히 마음에서 지워내고, 미움은 버리자. 감사함과 추억을 남기는 시간을 갖자. 다음에 찾아올 나의 사랑을 위해서도 좋은 시간이 될 거로 생각했다. 하림은 사랑이 다른 사랑으로 잊힌다고 했는데 아무래도 나는 동의할 수 없다. 외로움을 다른 사람으로 채우며 지난 사랑을 잊어내기도 했지만, 지나고 나니 남는 건 후회뿐이었다. 사랑이 새로운 사랑으로 잊히는 게 아니라, 아픔을 잠시 가리는 것뿐. 새로운 사랑이 걷히고 나면 아픔은 저 밑에 그대로 자리하고 있었다. 새로운 아픔까지 켜켜이 쌓여, 아픔의 무게가 더 불어난 채로.

"나는 태어나 처음으로 빨리 늙어버렸으면 했다.
그래서 내 심장도 같이 늙어,
이 아픔에 무심해지기를 간절하게 바랐다."

이별 후에 열매는 말할 수 없이 쓸쓸해졌다. 그녀를 애태우던 사랑이, 영원히 뜨거울 것 같던 사랑이, 이렇게 차갑게 식어버리다니. 겨우 이런 것이 사랑일까, 그녀가 믿고 소망하고 사랑하는 것들이 이렇게 연약하다니, 그녀는 걷잡을 수 없이 쓸쓸해졌다. 열매는 석현과 일곱 번째로 이별했다. 친구들은 축하한다며 인사를 주고받았다. 열매는 그런 말이 싫었다. 어떻게 이별을 웃으며 축하할 수 있는 건지, 언제부터 우리의 이별이 축하할 일이 되었는지 화가 났다. 이별, 좋아서 겪은 게 아니었다. 이별이란 두 번 다시 겪고 싶지 않은, 위로받아야 할 아픈 경험이다.

나는 서른이 넘어서도 두 번의 이별을 더 했다. 다시 시작한 연애는 일 년이 채 안 돼 끝이 났고, 다음 연애는 6개월도 못가 끝이 났다. 두 번의 연애는 모두 매몰차게 차였고, 나는 매달렸다. 너의 숨소리마저 듣고 싶지 않을 때, 그땐 정말 이별이구나 받아들일 수 있을 거로 생각했다. 서른이 넘어 몇 번의 이별을 더 겪었지만, 여전히 이별은 익숙해지지 않는다. 몇 번을 더 겪어야, 얼마나 더 나이가 들어야 이별에 무뎌질 수 있을까.

"인생에도 신호등 같은 게 있으면 좋겠다.

멈춰. 위험해. 안전해. 조심해.

오른쪽으로 가. 왼쪽으로 가.

그대로 쭉 가도 좋아.

그렇게 누군가 미리미리 말해줬으면 좋겠다."

이별은 여전히 아프고 익숙해지지 않지만, 앞으로도 지금처럼 사랑을 믿고 가꾸고 애쓰면서 살고 싶다. 평범한 서로에게 특별함을 부여하고 마음이 충만해지는 사랑을 주고 싶다. 방향을 잃지 않고 안전한 길로 갈 수 있도록. 나만의 신호등을 만들면서.

얼마간의 비상등이 멈추면 파란불은 반드시 켜질 테니까.

멈출 수 없으면 하는 수밖에 없잖아,

가야 되지 않을까?

나의 일곱 번째 첫사랑

로맨스가 필요해2, tvN 2012

열매는 석현과 일곱 번째 이별 후, 신지훈을 사랑하게 되었다. 석현과의 연애는 외로웠고 자신이 만들어 놓은 동굴 속에 열매를 들여놓지 않는 석현과 달리, 지훈은 감정에 솔직하고 사랑하는 사람을 배려하는 남자였다. 열매를 얼마나 소중하게 여기고 있는지, 머리를 쓸어주거나 눈을 들여다 봐주거나 열매를 보고 웃을 때 '사랑받고 있구나, 지금.' 그걸 느끼게 해주는 사람이었다. 나는 열매와 신지훈의 사랑을 응원했다. 너무 아픈 파도 같은 사랑보다는 잔잔한 호수 같은 사랑을 하고 싶다.

내가 사랑했던 한 남자는, 나에게 사랑한다는 말을 해주지 않았다. 나는 늘 그에게 사랑을 구걸했다. 애초에 우린 너무 다른 사람이란 걸 알았지만, 쉽게 그를 놓지 못했다. 어떻게든 관계를 개선해보고 싶었다. 초조해 하는 나에게 그는 원하는 대답을 해주지 않았고, 끝까지 나를 선택해주지 않았다. 일 년을 만나고도 헤어지는 이유조차 듣지 못했다. 매달려도 봤지만 잡히지 않았다.

그 사람은 왜 늘 대답을 해주지 않을까 생각했다. 사랑을 구걸하는 스스로가 못내 싫었지만 무슨 말이라도 듣고 싶었다. 하지만 그는 침묵으로 대답했고, 회피로 선택했으며 이별로 이유를 설명했다. 받아들여야 했다.

"대답하지 않는 것도 대답.

나를 선택하지 않는 것도 선택

이유가 없는 것도 이유."

왜 난 비겁하고 치졸하고, 못돼 처먹은 남자들만 엮이는 거지? 그런 남자들에게 매력을 느끼고, 사랑에 빠지고, 또 바보같이 울고, 상처받는 시간을 보내는 걸까. 사람은 상대적이라던데, 내게 어떤 문제가 있길래 자꾸 나쁜 남자가 엮이는 거냐고 자신을 비하했다. 아무리 조심스럽게 사랑하려 해봐도 사랑에 빠지는 건 한순간이었다. 자기 비하도 그때 뿐, 또 다시 나쁜 남자에게 매력을 느끼고 나는 또 후회한다.

"영악하게도 서른셋의 여자는 이전의 연애를 모방하기도 한다. 어쩌면 이 남자의 키스도 지나간 연애에서 학습된 것 일지도 모른다."

열매는 지훈과 연애하며 종종 석현이 떠올랐다. 석현을 제외 하고는 그녀의 지난날을 이야기할 수 없다. 상대를 애태우는 방법이나, 나를 사랑할 수밖에 없도록 만드는 필살기 같은 것들을 지난 연애들에서 학습했다. 서른셋의 연애는 새로운 것이 별로 없다.

바보같이 착하고 등신같이 눈치가 없었던 첫 번째 남자 친구에게서 나는 참는 법을 배웠다. 그에겐 내가 화를 자주 내는 못된 여자 친구로 기억될 테지만 이후로 연애에서 화를 내는 법이 거의 없었다. 깔끔한 걸 좋아하던 또 다른 남자 친구는 나의 지저분한 습관을 못마땅해 했고, 덕분에 난 정리를 잘하는 여자가 되었다. 이후로 세 번째도, 네 번째도, 그리고 스치던 많은 남자에게서도 어느 정도 영향을 받았고 그들의 취향, 그들이 좋아하던 음악, 좋아하는 카페 같은 것들이 나에게로 와 내 것이 되기도 했다. 나의 키스 방법도, 연애 스킬도 그들에게서 학습되었다. 그들도 마찬가지로 내가 즐겨듣던 'Stevie wonder'나 '에피톤 프로젝트'의 음악들이 그의 차에서 종종 흘러나오고, 나로 인해 교보문고에 자신이 좋아하는 코너가 생겼을지도 모르겠다.

서른넷의 난 이제, 새로울 것이 별로 없다. 어쩌면 우리에게 처음이란 건, 찾기 힘들지도 모른다. 하지만 모든 30대의 연애가 특별하지 않은 것은 아니다. 모든 순간이 처음이 아니지만, 처음처럼 설레고, 처음이 아니기에 편안하다. 번개가 치듯 짜릿하진 않지만, 호수처럼 잔잔한 사랑에 마음이 흔들리고, 처음 입을 맞출 때면 여전히 수줍다. 우린 이제 서투른 첫사랑이 아닌, 능숙하되 처음처럼 설레는 사랑을 한다.

"모든 순간이 처음은 아니었으나, 처음인 것처럼 설레고 그래서 세상의 모든 연애는 첫사랑이라고 불러도 좋을 것이다."

아직 우리, 더 사랑하고 더 아파해도, 몇 번쯤 더 상처받아도 괜찮지 않을까. 그리고 또 얼마 지나지 않아 언제 그랬냐는 듯 또 사랑에 빠져버릴 테니까. 이왕이면 다음 타이밍엔 따뜻한 남자가 등장해줬으면 좋겠다. 불안함보다는 편안함을, 뜨거움보다는 따뜻함을 느끼고 싶다.

나는 이제 일곱 번째 첫사랑을 기다린다.

운명이란 게 별것 아니야,
기가 막힌 타이밍에 서로의 인생에
자연스럽게 등장해주는 것.
그래서 서로한테 소중한 사람이 되는 것.
그게 운명이고 인생이야.

드라마 〈로맨스가 필요해2〉 中

섹스와 캐치볼

로맨스가 필요해2, tvN 2012

열매와 석현은 5년을 넘게 사귀었으면서도 6번을 헤어지고 7번째 연애를 시작한다. 이번에야말로 열매는 마음을 다치지 않으려고 석현에게 잠만 자는 관계를 제안한다. 연애는 하지 않지만, 잠은 자는 관계. 가능할까?

"가끔 내 방에 와서 잘래?"

나는 스무 살에 처음 연애를 했다. 일주일 만에 불발되는 장난 같은 연애도, 여러 해를 함께 보낸 오랜 연애도 해봤다. 보수적인 빨간색이 짙은 대구에서 성인이 될 때까지 자랐고, 당연히 제대로 된 성교육을 받지 못했다. 중학교 때 즈음 구성애 아줌마가 센세이션 한 성교육을 선보이며 TV에 혜성같이 등장했다. 구성애 아줌마의 성교육은 내가 사는 도시에 비교해 진보적이었다. 나는 그런 변화가 싫지 않았다. 나는 혼전순결주의자는 아니었다. 스무 살이 되면서 마치 족쇄가 풀리듯 끊임없는 릴레이 연애를 8년 동안 했고, 20대가 눈 깜짝할 새 지나가 버렸다. 당연히 첫 번째 남자친구와 결혼할 줄 알았지만, 한 번의 연애로 결혼을 하는 일은 흔치 않다는 현실을 알게 되었고, 8년이나 이어진 연애 릴레이로 사랑의 감정소모에 질려버렸다. 20대 후반이 되어 다짐했다. 당분간은 절대 연애 같은 거 하지 않을 거라고. 가벼운 관계만 가져야겠다고. 말이 현실이 되어버렸고 그 후로 오랫동안 연애를 하고 싶어도 하지 못하는 지경에 이르렀다.

"여자의 욕망이 남자의 욕망보다 약하다는 말은
말짱 거짓이다. 처절한 나의 개인적인 경험담이다.
여자 역시, 정신적인 사랑 못지않게
육체적인 사랑도 갈망한다."

20대 후반에는 섹스를 캐치볼쯤으로 생각해보려고 해봤다. 가볍게 만나고 가볍게 헤어졌다. 만남과 섹스는 연애로 이어지지 않았다. 사람은 상대적이라고 했나, 사랑하지 않겠다고 마음을 먹으니 상대도 날 사랑해주지 않았다. 남자들도 나를 가볍게만 여기는 것 같았다. 나는 사랑 없이 섹스하고 웃으며 헤어지기엔 쿨하지 못했다. 쿨한 척만 했을 뿐. 관계 후엔 촌스럽게도 그가 좋아졌고, 한 번 더 안아주길 바랐다. 당연히 이 관계는 지속하지 못했고, 품에 안겨있는 시간이 길어질수록 마음은 더 외로워질 뿐이었다. 나는 서른을 넘어서면서 사랑 없이 섹스가 불가능한 사람임을 자각했다. 불장난 보다 소꿉장난을 좋아하는 사람임을. 내가 원했던 건 단지 섹스라는 행위가 아니라 다정한 눈빛으로 만져주고, 사랑스러운 듯 안아주는 사랑이 전재가 되는 스킨십이라는 걸.

　나는 침대 위에서만 아니라 침대 밖에서도 사랑받고 싶다. 내가 원하는 건 섹스가 아니라 로맨스다.

내가 가지고 싶은 건 그의 육체가 아니라
정신이라는 게 점점 분명해지고 있었다.
사랑받고 싶었다.

하지만 구걸하고 싶지는 않았다.

드라마 〈로맨스가 필요해2〉 中

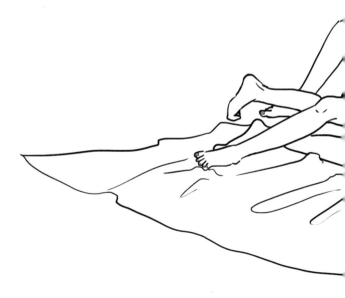

달콤하지 않은 나의 도시

달콤한 나의 도시, SBS 2008

은수는 두 번의 연애를 한다. 그녀가 사랑했던 두 남자는 36살의 김영수, 24살의 윤태오다.

> "지금 사탕을 녹여 먹는 남자의 차를 타고,
> 사탕을 깨물어 먹는 아이를 만나러 간다.
> 으 - 바람둥이가 된 기분."

나의 두 번의 연애도 특별했다. 한 번은 9살 연상의 남자였고, 다음은 4살 연하였다. 9살이 많은 남자와는 어른의 연애를 한다고 생각했다. 이야기의 주제도, 대화의 깊이도, 함께 가는 여행지도 이전의 연애와는 조금 달랐다. 경험이 많은 사람과의 연애는 편안했다. 그는 늘 나의 보호자를 자처했다. 이사를 도와주었고 혼자 사는 집 구석구석을 손봐주었다. 조금은 서툴고 천방지축인 내가 흘리는 지갑, 핸드폰을 챙겨주고, 어른스런 조언으로 고민을 들어주었다. 그런 그가 좋았다. 아늑했고 편안했다. 하지만 그의 도움과 보호가 당연해지면서 나는 더 어린애가 되어갔다. 그가 혼자만의 동굴에 들어가고 싶어 할 때면 떼를 쓰는 어린애처럼 울고 보챘다. 어른스럽다고 생각했던 연애가 점점 더 어린애 같은 연애가 되어버렸다. 그는 표현에 인색했고, 감정적으로 행동하는 나와 달리 차분하고 냉정했다. 결혼을 서둘러야 할 나이라고 말하지만, 그는 나이 때문에 결혼을 서두르고 싶지 않다고 했다. 사귄 지 3개월쯤 되어서 결혼 생각도, 아이를 가지고 싶은 생각도 없다고 했다. 독신주의는 아니지만, 꼭 결혼이 필요하다고 생각하지 않는다고.

나는 내가 사귀었던 모든 남자와 결혼을 하고 싶어 했다. '이 사람은 가족들에게 잘하겠다, 나를 굶겨 죽이진 않겠다, 내 아이의 아버지가 될 자격이 있겠다.' 같은 판단보다는 그저 좋아하니까, 매일 보고 싶으니까 결혼하고 싶다고 생각하는 철부지였다. 사랑과 결혼에 대한 가치관이 너무 다른 사람과 연애는 더 힘들어져만 갔다.

"사람들은 종종 상처받지 않으려고 자기 몸을 사린다. 그런 사람들은 누군가에게 사랑을 받는 것이 겁이 날 수도 있다. 겁이 나서 몸을 사리고 방어벽을 치는 동안 상대방이 상처받는 것은 모르는 채, 그토록 자기방어를 한들, 상처는 피해가지 못한다. 후회하지 않으려고 상처받지 않으려고 발버둥 칠수록 후회하게 되고 상처받게 된다."

3개월 만에 그의 결혼관에 대한 이야기를 들어버렸지만 그를 놓을 수는 없었다. '결혼과 연애, 구별할 수 있잖아. 아이는 꼭 낳아야 할까? 이렇게 여행 다니고 연애하듯 사는 것도 좋지 않을까?' 쿨한 척하면서 이성을 세뇌했다. 그렇게 일 년여를 만나며 그를 이해하려 애썼고, 자신을 설득시키려 했다. 진짜 사랑을 보여주겠다고, 오만한 판단과 주제넘은 동정을 했다. 그럴수록 점점 그와 다툼이 잦아졌다. 신경성 식도염을 앓았고, 임파선염에 걸려 항생제를 3개월이나 먹었다. 의사 선생님은 모든 게 스트레스 때문이라고 했다. "이제 그만해!" 몸에서 신호를 보내왔다. 나를 보는 그도 물론 힘들어했다. 헤어지자는 이야길 몇 번이나 들었지만, 나는 붙잡고 또 붙잡았다. 이대로 끝낼 수는 없었다. 내 사랑은 끝나지 않았기 때문에, 이기적으로 그를 붙들고 있었지만 붙잡히지 않았다. 결국, 나는 차였고, 그날은 비가 왔다.

"이 모든 것이 낯설고 우스꽝스러워지려는 한편
뭔가가 또한 몹시도 유쾌하기만 했다.
왜냐면 나는, 내가 할 수 있는 것을 다 하였으므로."

한 달 동안 이별에 몸부림치다 언제 그랬냐는 듯 하루아침에 괜찮아졌다. 다른 남자가 생겼다. 그것도 4살이나 어린. 9살 많은 남자와 헤어지고 엉망으로 살아버리는 와중에 그를 만났고, 완전히 반대의 성향을 가진 그에게 끌렸다. 연상의 오빠에게 채워지지 않았던 부분을 그 아이가 채워주었다. 표현을 퍼부었고 사귀자는 고백과 함께 결혼하자며 프러포즈했다. 3개월 만에 자신의 부모를 소개했고, 같이 살 신혼집을 알아봤다. 데이트는 주로 내가 리드했다. 4살 연하의 그 아이는 뜨거웠다. 보고 싶을 땐 무리해서 달려와 밤을 새우고 출근하기도 여러 날이었다. 일 년 동안 완전한 사랑을 받지 못해 무너진 자존감이 회복되고 있었다. 매일 사랑받고 있구나, 느끼게 해주었다. 하지만 이 연애도 길게 못 가 끝이 났다. 직전의 연애와는 반대로 우리의 관계는 자꾸 엄마와 아들같이 변하고 있었다. 점점 잔소리가 늘어갔고, 건강을, 끼니를, 부모와 친구들과의 관계를 걱정하며 가르치려 들었다. 내가 모든걸 이해해야 한다는 압박감이 생겼고, 어른인 내가 참아야지, 생각했다. 그럴 때면 내가 너무 늙은 여자처럼 느껴지는 게 싫었고, 초라해 보이는 남자를 보는 건 더 싫었다. 밝고 아기자기했던 연애였지만 나는 보호받고 싶었다. 품에 안기고 싶었고, 어른인 척, 성숙한 척보다는, 서투름을 보듬어주는 따뜻한 연애가 필요하다고 생각했다. 이쯤에서 멈춰야 한다고 머리는 알고 있었으나, 입 밖으로 헤어지자는 말은 잘 나오지 않았다. 그래도 이 관계를 개선할 수 있을 거라 믿었다. 결국, 나는 또 차였다. 다행히 그 날 비는 오지 않았다.

9살 많은 남자를 만날 때는 철없는 철부지처럼, 4살이 어린 남자를 만날 때엔 세상 일을 모두 겪은 늙은 여자처럼 굴었다. 곁에 있는 사람의 영향을 많이 받았다. 상대에 따라 다른 모습이 튀어나왔다. 나는 그러기에 더 좋은 사람을 만나야 할 것 같다.

"다 좋기만 했던 건 아니야. 네가 24살이 아니면 좋겠단 생각도 했었고, 네가 그냥 평범하게 회사나 다녔으면 좋겠다, 생각도 했었고, 너 때문에 내가 늙은 여자 같을 때도 있었고, 나만 혼자 세상사 땟국물에 찌든 인간처럼 느껴질 때도 있었어. 사람들이 뭐라 그럴까 봐 무섭고, 친구들은 뭐라 그럴까, 부모님은 또 뭐라 그럴까…, 그러다가… 하, 내가 뭐 때문에 이런 생각을 해야 하나, 너만 아니면…. 왜 하필 너니, 그럴 때도 있었어."

서른여섯의 김영수는 담담한 사람이었다. 가만히 들어주기만 해도 다 말한 것 같은 사람, 한마디만 해도 다 들은 것 같은 사람. 벽 같은 사람이었다. 은수는 김영수를 '느리고 좋은 사람'이라고 생각했다. 그에 비해 태오는 뜨거웠다. 20대의 패기, 열정과 감정을 온전히 드러내고 자신의 꿈을 향해 나아가는 '반짝이는 뜨거움' 같은 사람이었다. 뜨거운 걸 알지만 반짝임에 손을 대고 싶은, 결국 은수는 김영수와 결혼했지만, 김영수를 더 사랑했거나 태오를 덜 사랑했다고는 할 수 없다. 모든 연애는 저마다의 방식이 있고 사랑의 온도 차가 있으니까.

"난 있지, 항상 맘이 두 개다.

　사랑하면서도 사랑 맞나…, 갖고 싶으면서도 가져도 되나,

　　사랑하면서도 도망치고 도망치면서도 잡혀있고…."

　적당히 나이 들어 편안하고 안정적이던 나이 든 남자와 아직 여물지 못한 뜨거운 어린 남자는, 분명히 각자의 매력이 있었지만, 나이차보다, 사람의 온도 차이일지도 모른다는 생각을 한다. 다양한 시간을 겪어냈기에 늘 상대와의 적정거리를 차갑게 유지하는 사람. 굴곡 없이 살았기에 아픔을 견디는 내성이나 경험이 부족하지만 뜨거운 사람. 둘의 온도차에 차가워지거나 데는 것은 나의 선택이었다. 누군가는 나를 9살 연하의 어리광이 많은 여자로, 4살 연상의 잔소리가 많은 피곤한 여자로 기억할 테지만, 이왕이면 에너지가 좋은 애교 많은 동생으로, 성숙하게 나이 든 누나로 기억되면 좋겠다. 어떤 사랑을 받을 것인지, 어떤 사랑을 줄 것인지, 어떤 사람으로 기억될 것인지도 내가 선택해야 할 문제가 아닐까.

　그나저나 아무래도 난, 동갑이 잘 맞는 것 같다. 85년생 남성분들 많은 관심 부탁드립니다.

누나,

우주의 나이가 몇 살이게요?

140억 살!

우주의 나이에 비하면 우린 동갑이나 마찬가지예요.

드라마 〈달콤한 나의 도시〉 中

나 때문에 울길 바라

또 오해영, tvN 2016

'또 오해영'에선 이별의 찌질함을, 그리고 오해영이 찌질함을 이겨내는 과정을 너무나도 신랄하게 보여준다. 남자에게 차이거나, 짝사랑에 몸부림치던 숱한 나의 밤들을 그대로 드라마로 다시 보게 될 줄이야. 이십 대에 연애할 땐 한 번도 차인 적이 없다. 농담 같겠지만 진담이다. 상처를 주는 쪽보다 상처를 받는 쪽 아픔이 더 크다는 걸 차여본 후에야 완벽하게 알게 되었다. 쉽게 치유되지 않던 상처와 아픔을. 서른 이후의 연애에선 매번 가차 없이 일방적으로 차였다. 이별 후 견디는 방법, 차인 남자에게 복수하는 방법 따위를 네이버에 검색했다. (그래! 나 찌질하다!) 많은 블로거가 의견을 제시했지만 내가 원하던 정답은 없었다. 더 잘 사는 게 복수라는 말이, 진부하지만 가장 신빙성이 높았다. 대부분 시간이 해결해 준다고 했지만, 시간만 믿고 기다리기엔 더디게 가는 시간이 야속하게만 느껴진다. 언제쯤이면 괜찮아질 수 있을까…. 사람들은 이별 극복의 방법으로 부정, 분노, 슬픔, 인정으로 이어지는 이 4가지의 감정을 몇 번만 반복하면 아무렇지 않아진다고 한다.

"맨정신으로 살기엔 인생이 너무 쪽팔린다."

1. 부정의 단계 : 이별을 인정하지 못하는 부정의 단계에선 끝이라는 게 실감 나지 않았다. 시간을 가지고 생각해보자, 일주일 동안 연락하지 않고, 떨어져 있으면서 생각해보자. 다시 얘기하자며 회유했다. 어제는 사랑하는 사람이었는데 오늘은 남이란 게 받아들여지지 않았다. 갑자기 혼자가 되었다는 상실이 꿈만 같았다. 악몽을 꾸는 거라고, 악몽에서 깨어나면 다시 좋았던 때로 돌아갈 수 있을 거라고.

오늘은 어떻게 버텨야 할까, 무슨 생각으로 하루를 채워야 할까 막막한 마음으로 눈을 뜬다. 시간을 아무렇게나 낭비해버리고 오후가 왔다. 술을 마실까, 책을 볼까, 영화를 볼까….

아무것도 하고 싶지 않다. 불행 속에서 또 행복을 찾아야만 하
는 것이 삶이라지만, 지금은 당분간 불행 속에서 울고만 싶다.

"나는 네가 아주아주 불행했으면 좋겠어.

매일 밤마다 질질 짰으면 좋겠어.

나만 생각하면 억장이 무너졌으면 좋겠어.

나는 이대로 너를 생각하다가

화병으로 죽었으면 좋겠어.

그래서 네가 평생 죄책감에 시달렸으면 좋겠어."

2. 분노의 단계 : 착각단계가 지나고 나니 상대에 대한 분
노로 이어졌다. '내가 너한테 어떻게 했는데, 네가 나를 먼저
버리다니!' 화가 났다. '네가 나를 버리고 잘 살 수 있을 것 같
아? 평생을 지금처럼 찌질하고 비겁하게 살아버려라!!!' 상대
의 미래에 저주를 퍼부었다. 비련의 여주인공 코스프레를 하
며 지하철을 타고 멍하니, 내려야 하는 정류장을 몇 번이나 지
나치며 혼을 빼고 다녔다.

아무렇게나 살아버리기. 당신이 나를 버린 걸 후회하며 평
생 죄책감 속에서 행복하지 못하도록 만들어버리고 싶었다.

나라는 여자를 잊지 못해 울면서 돌아오는 헛된 상상을 하며 밤잠을 설쳤다. 못 이기는 척 받아주는 대사도 만들어봤지만, 써먹을 기회는 오지 않았다. 그들은 잘-먹고 잘-살았다.

"나는 쪽팔리지 않습니다.

사랑을 쪽팔려 하지 않습니다.

더 많이 사랑하는 건 자랑스러운 겁니다.

나는 자랑스럽습니다.

자랑스럽긴… 개뿔."

3. 슬픔의 단계 : 슬픔이 찾아왔다. 우리가 함께 보낸 시간, 함께 웃던 날들. 손잡고 미래를 나누었던 모든 찰나가 스쳤다. 당신의 마음이 조심스럽고, 나의 태도가 상냥하던 그때. 우리, 시작할 땐 참 설레었는데, 참 예뻤는데. 왜 이렇게밖에 될 수 없는지, 생각하고 또 생각했다. 어디서부터 잘못되어버린 것인지. 다시 되돌릴 수 없을지, 되돌릴 수 없다 해도 다음 연애에서 같은 실수를 반복하지 않기 위해 나를 되돌아보고 또 되돌아봤다. 내가 문제인 것만 같았다. 매일 자책하며 울었다. 창피했다. 헤어지자 한마디의 말로 관계를 끝내버린 남

자에게 버림받은 것도. 이렇게 구질구질하게 잊지 못하고 혼자 슬퍼하는 것도 너무… 쪽팔린다. 마음에 미움을 키우지 말자고 자꾸 나를 다독이지만, 아직도 어린 나는 원망과 미움과 후회와 부끄러움이 뒤섞여 몸부림친다.

"난 내가 여기서 좀만 더 괜찮아지길 바랐어요.
난 내가 여전히 애틋하고 잘 되길 바라요."

4. 인정의 단계 : 일상으로 돌아왔다. 술을 마시고 담배를 태우며 쓰린 속을 달래고, 엉망으로 만들어버린 시간을 수습해야 했다. 지난 며칠 동안 함부로 대했던 내 몸에 대한 사죄를 시작한다. 끼니때마다 밥을 챙겨 먹고 자정 전에 잠들고, 일찍 일어나 방 청소를 했다. 평온했다. 인정 단계까지 오면 이 상태를 잘 유지해야 한다. 이런 평온이 하루아침에 깨지고 다시 분노의 상태로 돌아가기도 하니까. 잘 지내는 X의 SNS를 보게 되거나 우연히 그의 연애 소식을 듣게 된다면, 의도치 않게 다시 분노부터 시작하게 된다. 대게는 4번까지 왔다가 2번으로 다시 돌아가길 반복했다. '그래, 이렇게 몇 번만 더 되풀이하면 괜찮아질 거야.' 하며 자신을 다독였다. 생각

의 구렁텅이에 빠지지 않도록 긴장할 것!

"마음이 울적할 때는 행복한 것들을 떠올려보아요.
행복한 것, 행복한 것."

　5. 회복의 단계 : 일상으로 돌아온 후, 회복의 시간을 가졌다. 아무렇지 않은 듯 일상을 반복하지만 결국 슬픔이나 원망이 찌꺼기처럼 남아있을 가능성이 농후하기 때문에 꼭 회복 단계를 밟는다. 보통은 책으로 회복하는 편이지만, 시간이 허락한다면 여행으로 달래는 게 효과적이었다. 최근 두 번의 이별을 겪으며 이별 후엔 여행을 떠났다. 한 번은 몽골 사막으로, 또 한 번은 치앙마이로. 다가오는 출국 날짜만을 바라보며 하루하루를 버텼다. 'Serendipity' 뜻밖의 행운이라는 단어를 참 좋아한다. 이별의 무게에 짓눌려 찌그러진 깡통처럼 달그락거리기만 했던 내 마음. 기대가 없던 여행에서 발견한 뜻밖의 사람들과 아름다운 풍경들은 나에게 희망을 되돌려주었다. 진부하다 해도 어쩔 수 없다. 그렇게 회복했다. 이후로 2번으로 되돌아가는 부작용은 오지 않았다.

　의도치 않게 인생이 꼬여버릴 때가 있다. 이쪽으로 가도,

저쪽으로 가도 점점 다른 방향으로 빠지기만 할 때가. 무슨 말을 해도 내가 의도한 형태가 아닌, 다른 형태로 자꾸만 전해질 때가. 완전히 잘못되었다고 깨달았을 땐 이미 너무 많이 와버렸고, 돌아갈 길이 없을 때가 있다. 그럴 땐 끊어내야 한다. 꼬여버린 이 방향을 반대로 돌리는 힘보다, 끊어내고 다시 시작하는 게 훨씬 쉬웠다. 의욕이 앞서 꼬여버린 끈이 끊어졌대도, 괜찮다. 다시 시작인 거다. 온전히 나의 모습으로 다시 시작하면 되는 거다. 삶의 균형이란, 깨질 때도 있는 것이 삶의 균형이다. 그러니 너무 상처받지 마라. 1번부터 4번까지 몇 번만 반복하면 지옥 같은 이 시간도 끝이 나더라.

꾹꾹 참고 괜찮다고 걷기
그러다 집에 와 이불 뒤집어쓰기.
언제까지 마음을 다치고 넘어져야,
마음이 딱딱해져버릴 수 있을까.
이럴 때 떠오르는 삼순이의 명대사가 있었다.
"심장이 딱딱해졌으면 좋겠어. 아버지…."

사랑의 노하우는 사랑

—

괜찮아 사랑이야, SBS 2014

지혜수는 정신과 의사로, 주도적인 사람이다. 자신이 원하는 것과 원하지 않는 것의 표현이 분명하다. 유년 시절 엄마의 외도를 보며 자랐고, 아픈 아버지가 죽어버렸으면 좋겠다고 생각했다. 어린 나이에 인간이 얼마나 나약하고 이기적일 수 있는지 경험했다. 그녀는 자신의 결핍을 환자들을 통해 치유하려 하지만 사랑을 믿지 않고, 스킨십을 더럽다고 여기는 마음의 병이 있다. 지혜수는 장재열과 연애를 시작했지만, 지난 연애를 반복하듯 장재열과의 연애에서도 마음을 쉽게 열지 못했다. 자신의 감정이 우선이다. 늘 멋대로 대하고 못된 말을 수시로 했다. 그런 그녀의 행동이 나는 어쩐지 안쓰러웠다. 결핍이 있는 사람의 사랑은 대체로 이런 식이다. "이래도 날 사랑할래? 내가 이렇게까지 했는데도 떠나지 않을 거니?"

"내가 너를 많이 사랑한다는 말이
날 함부로 대해도 된다는 말로 오해하는 건 아니지?
만약 그렇다면 그러지 마.
아주 배려 없단 생각이 드니까."

나는 스무 살에 첫 연애를 시작했다. 사랑하는 사람을 어떻게 대해야 하는지, 어떻게 해야 건강한 관계를 지키는 것인지 몰랐다. 드라마 속 주인공들이나 친구들이 하는 연애를 어설프게 따라 하며 연애를 배웠다. 동갑내기에 착하고 순한 첫 번째 남자친구는 나의 취향이나 의견을 무조건 맞춰주었다. 나는 화가 나면 화를 내고 짜증을 수시로 냈다. 시시콜콜 일과를 알고 싶어 했고, 울고 불며 사람을 미치게 했다. 최소 공산당이었다. 공산당이 싫었는지 남자친구는 군에 입대했고, 1년 후 내가 고무신을 벗었다. 감정을 스스로 다스릴 줄 몰랐던 나는 연상의 남자들을 만나 공산당 같은 연애패턴을 벗어날 수 있었지만, 이번엔 반대로 수동적이며 순종적인 자세가 되었다. 오빠들의 5분 대기조였으며 가부장적인 남편을 모시고 사는 기죽은 엄마처럼 주눅 들었다. 연애가 길어질수록 내가 점점 없어지는 기분이 들었다. 마음을 표현하고 상대를 아끼는 방법을 너무 몰랐던 그때, 아무도 가르쳐주지 않는 연애의 노하우를 터득하느라 많이 울고, 울렸다. 그렇게 몇 번의 연애는 번번이 실패했다. 실패를 디딤돌 삼아 다음 연애를, 그리고 다음 연애를 하지만 아직도 나는 사랑이, 연애가 어렵다.

"더 사랑해서 약자가 되는 게 아니라,
마음의 여유가 없어서 약자가 되는 거야.
내가 준 걸 받으려고 하는 조바심.
나는 사랑했으므로 행복하다, 괜찮다.
그게 여유지."

사랑에 강자와 약자가 존재한다면 난 늘 약자라고 생각했다. 사랑이 게임이라면 난 늘 상대방의 선택과 결정을 따를 수밖에 없는 루저였다. 이런 관계가 길어질수록 자존감이 낮아졌고 상대방에게 맞추려 애쓰는 내 모습이 못 견디게 싫었다. 어쩌면 스무 살에 했던 이기적인 연애가, 그 제멋대로였던 태도가, 날 것의 내가, 나의 진짜 모습이었는지도 모르겠다.

하, 균형이 맞는 관계를 찾고 싶다. 나를 잃어버리지 않고서도 상대를 배려하고 사랑할 수 있는 관계.

"사랑은 상대를 위해 뭔가를 포기하는 게 아니라,
뭔가 해내는 거야."

20대엔 나에 대한 정보가 부족했다. 타인의 좋아 보이는 모습을 따라 하면서 나를 찾으려 했다. 드라마 속 연예인이나, 멋있어 보이는 언니, 선배들을 보면서 '저렇게 되고 싶다.' 하면서 동경했다. 나에 대한 정보가 충분한 30대가 된 지금, 나의 치명적인 매력은 무엇인지, 약점이 무엇인지도 알고 있다. 상대의 어떤 부분을 고치려고 하기보다, 상대의 인생 자체를 받아들여야 한다고 느낀다.

연애를 한다는 건, 맞춰 간다는 건, 서로의 단점을 '그런데도 불구하고' 떠안고 갈 것인가를 결정해야 하는 문제인 게 아닐까? 30년 넘게 가지고 있던 성격이나 기질을 누군가가 한순간에 바꿀 순 없을 테고, 나 역시 나를 상대에 맞춰 바꾸고 싶은 마음이 추호도 없으니까. 그로 인해 더 멋진 사람이, 더 괜찮은 여자가 될 수 있는 관계를 원한다. 서로의 빛을 잃지 않으면서 말이다.

네가 30년 동안 사랑을 못 했다고 해도,
300일 동안 공들인 사랑이 끝났다고 해도 괜찮아.
다시 사랑을 느끼는 건 한순간일 테니까.

드라마 〈괜찮아, 사랑이야〉 中

종교도 사랑도 내가 선택해

———

우리가 결혼할 수 있을까, JTBC 2012

대구에서 태어나고 자라다 보니 보수적인 성향이 나에게도 자연스레 스몄다. 결혼하면 여자가 살림을 해야 한다거나, 종교가 있는 남자라면 그 남자의 종교를 따르게 되는 거라고 어릴 적부터 들었다. 우리 가족들은 모두 불교지만, 나는 무교. 부모님은 종교를 강요한 적이 없기 때문에 내가 성당에 간다고 해도, 교회에 간다고 해도 그러려니 하는 분위기다.

남자의 종교는 기독교였다. 남자는 나에게 같이 교회를 다녀줄 수 있겠냐고 물었고, 나는 엄마에게 말했다.

"엄마, 남자 집이 엄청 독실한 기독교 집안이래. 어떡하지?"

"어떡하긴 뭘 어떻게 해, 너도 이제 교회 다녀야지."

시집가면 자연스럽게 남자의 종교를 따르는 것이 경상도의 결혼 관행 같은 것이라고 배우고 자랐다. 수년 전에 읽은 책 '현문우답'에선 성경의 구절과 불교의 교리를 번갈아 이야기하며, 결국 모든 종교가 근본적으로 같은 이야기를 하고 있다고 말한다. 어떤 종교를 가졌느냐는 중요한 포인트가 아니라고 생각했다. 내가 어떤 인생을 살아가고자 하는지, 가치와 사상이 중요한 것이라고. 수없이 짧은 찰나들로 만들어지는 삶에서 욕심을 버리고, 악을 버리고, 분노를 버리고, 고요하되 사랑으로 가득 찬 사람이 되고 싶다고 생각했다. 교회에 가기로 했다. 기독교인, 한번 되어보겠다고. '사랑하니까 그 정도는 해줄 수 있지.' 하는 조금의 나르시시즘도 곁들였던 것 같다.

"성당에서 결혼하려면 네가 자격을 갖춰야 해.
이번 기회에 너도 종교를 가지라고 하고 싶지만,
종교는 네 선택이니까 네가 결정해."

극 중 정훈의 부모는 천주교인이다. 혜윤은 호텔에서 결혼식을 하고 싶지만, 정훈의 부모는 성당에서 결혼식을 하길 바란다. 주례도 신부님이 해주실 거라며 정훈의 엄마는 아이들과 상의 없이 결혼식을 벌써 결정해버렸다. 혜윤은 황당했다. 두 사람이 부부의 연을 맺는 언약식인 결혼을, 하물며 자신의 종교와는 전혀 상관없는 성당에서 결혼식을 치러야 한다니 남들도 다 이렇게 결혼하는 걸까, 결혼을 다시 생각해봐야 했다.

나는 그와 만난 지 3개월 만에 남자의 부모를 만났다. 온 가족이 저녁 식사를 함께하는 자리에 초대받아 식사를 함께했다. 다들 곁눈질로 나를 흘겼다. 동물원의 원숭이가 된 느낌이 이럴까, 당연한 시선이기에 당연하게 받아들이려고 침착한 척했다. 식사 전 다 같이 기도를 시작한다. 태어나서 한 번도 기도를 해본 적이 없어, 고개를 숙여야 하는지 눈을 감아야하는지, 손을 모아야 하는지 몰라 고개만 살짝 숙인 채로 앉아 있었다. 이런 분위기를 진작에 귀띔해주지 않은 남자가 원망스러웠다. 8명의 사람 중 나만 다른 세상 속 사람 같았다. 정신을 똑바로 차리고 있어야 했지만 아무래도 자꾸 정신이 가출하고 있었다. 겨우 이성의 끈을 붙잡았다. 그렇게 식사시간이 끝날 무렵 가족 중 한 사람이 나에게 물었다.

"도연 씨는 종교가 있어요?"

"아, 저 저…는 무교예요….."

급하게 남자친구가 둘러댔다.

"앞으로 같이 교회를 다닐 거예요!" 가족 중 한 사람이 나서서 "종교는 강요하는 게 아니야, 개인의 선택이지."하는 순간 그의 어머니가 발끈했다. "그런 말씀 마세요, 우리 집 사람들은 모두 하나님 품 안에 있어야만 해요!"

붉으락푸르락하시는 그 사람의 어머니 표정을 차마 볼 수가 없어 고개를 떨구고 있었다. 왜 내가 기독교인이 아니란 이유만으로 이렇게 부끄럽고 죄인처럼 느껴져야 할까, 그때까지만 해도 정신이 가출해있는 상태라 이성적인 판단을 하기가 힘들었다. 그리고 우선 나는 그들에게 잘 보여야 하는 의무를 진 예비 며느리로 이 자리에 참석했기 때문에 나는 무조건 배시시 웃기만 할 수 있을 뿐이었다. 그의 가족들과의 식사 자리가 끝나고 얼마 지나지 않아 우리는 교회를 함께 다녔다. 어떻게 기도를 하면 되는지, 기독교의 교리 같은 것을 배우기 시작했다. 글을 읽는 걸 좋아하기에 매일 밤 성경을 읽었고 시편들을 읽었다. 날마다 내가 제대로 가고 있는 건지 의심스러웠고 불쑥 불안한 감정이 솟아오를 때면 괜찮은 거라고, 스스로 합리화하며 시간을 보냈다. 그러다 그의 부모가 나에 대해 하는 이야기를 들어버렸다.

"도연이는 참 밝더라, 가정환경에 비해서."

내 가정환경이 어때서? 부모님이 이혼했지만, 누구보다 정직한 부모 밑에서, 나쁜 일은 나쁘다고 말하는 사람으로 자랐고, 베풀 줄 알고 사랑할 줄 아는 사람으로 잘 자라왔다고 자부한다. 너무 화가 났다. 종교 핑계로 나를 밀어내기 시작했고, 결국 자신들과 집안의 차이가 난다는 이유로 반대한다는 걸 알게 되었다. 단식기도까지 하며 나와의 결혼을 반대하고 있다고 했다. 하루는 그가 나에게 할 말이 있다며 조심스럽게 말을 꺼냈다.

"기독교에서 십계명 중 간음하지 말라는 말이 있어, 난 그게 내내 마음이 쓰였어, 하나님께 오늘 기도하며 사죄했어, 우리 이제 관계를 가지지 말자."

그와 관계를 가질 때 그는 콘돔을 사용하지 않으려 했고, 피임은 온전히 내 몫이었다. 미안하려면 미래를 망칠 뻔한 여자인 나에게 미안해해야지, 하나님께 미안해한다는 건 무슨 생각일까. 도대체 내가 어디까지 참아줘야 했는지, 그 통과의례를 거치고 나면 또 어디까지 나를 시험에 빠지게 했을까? 나는 모든 게 노력이었는데 그는 나를 위해 무슨 노력을 했는지 정말 묻고 싶었다. 그는 나와 이별 후 금세 다른 여자를 사귀었고, 심지어 그는 그녀와 사귀기 시작하면서 페미니스트를 응원한다는 말을 하며 다닌다. 기본적으로 여성을 존중하는 인간이라면, 피임부터 제대로 했으면. 페미니스트를 운운하기 전에 타인의 감정과 가치를 존중하는 성숙한 인간이 되길.

그와 결혼 이야기가 오간 후부터 그들은 자신들만의 울타리 속에 나를 들여놓을지 말지를 결정하고, 나는 울타리 밖 타인이었다. 울타리에 아등바등 들어가려 하는 내 모습이 너무 초라하고 비참했다. 바꿀 수 없는 나의 환경은 어쩔 수 없지만, 내가 바꿀 수 있는 것들은 최선을 다해서 노력해보고 싶었다. 하지만 그 노력은 받아들여지지 않았고 결국 그 사람마저도 내 손을 놓아버렸다. 그의 부모와 그는, 신앙을 핑계로 자신의 욕심을 채우는 인간이었을 뿐이었다.

"결혼준비 내내 우리가 힘든 건 양쪽 부모님들의 태클이라고 생각했는데, 그게 아니야. 자신이 갖고 있는 문제들, 그게 우리의 가장 큰 장애물이었어."

어쩌다 보면 이런 남자를 만나기도, 저런 남자를 만나기도 한다. 길을 걷다 보면 똥을 밟을 수도 있고 꽃길을 걸을 때도 있다. 부모는 자식의 일에선 이기심이 튀어나오고 이성이 마비되기도 한다. 부모의 치마폭 안에서만 자란 남자는 힘든 상황에 사랑 같은 건 포기해버릴 수도 있다. 사랑이란 감정은 어떤 도덕적인 잣대로는 판단할 수 없기에, 누가 누구와 연애를 하든 결혼을 하든, 비난할 문제가 아니란 것도 이해한다. 인간은 모두 나약한 존재니까. 그러니까 왜 나에게 이런 일이 일어났느냐고 괴로워하기보단 받아들이는 쪽이 마음이 더 편했다. '누구나 다 그럴 수 있지.'라고. 나도 평생을 도덕적으로 옳게 살아온 것만은 아니니까.

하지만 끝내 용서되지 않았던 것은 나 자신이었다. 왜 처음부터 남자의 종교를 따르겠노라 말했는지, 사랑한다는 이유로 그의 가족들 앞에서 당당하게 '종교는 제가 선택하겠습니다.' 하지 못하고, 그저 웃고만 있었는지, 맞지도 않는 옷을 입으려 교회에 나가 기도를 하려 했는지, 기독교인 수백 명에 둘러싸여 알지도 못하는 찬송가를 따라 부르겠다며 금붕어처럼 입을 벙긋벙긋했는지. 창피하고 수치스럽다. 나는 나 자신으로 행복하다며, 나르시시즘이 강한 인간이라 그렇게 자신감 있게 외쳐대던 내가, 한 사람을 만난 후 내 모든 색깔을 버리고 그들의 색으로 바꾸려 했는지, 후회하고 또 후회했다. 그렇게 자기비하를 하며 깨닫는다. 더는 누군가 때문에 내 색을 잃지 않겠다고.

종교를 핑계 삼아 욕심을 포장하고 배타적인 태도로 타 종교인들을 거부하는 종교가 싫어져 버렸다. 이웃을 사랑하며 나누고 베푸는 삶은, 모든 종교가 말하는 제일 첫 번째 가치이자 진리인데, 아무튼 요즘 종교는 신성함이 퇴색되어 부족한 성품과 나약한 정신을 합리화시키고 포장하려는데 사용되는 것이 불편하다. 정말 신이 있다면 마지막엔 알 수 있겠지, 누가 결국 천국을 가게 될는지. 끝까지 가봐야 아는 게 아니겠어? 인생이란 레이스는 그리 짧지 않으니까.

나는 그날 이후로 교회는 나가지 않는다. 이제 종교도, 행복도, 사랑도 누구의 강요가 아닌 내가 선택하기로 했다.

나는 무엇으로부터 왔으며, 또 무엇이 되기 위해
살아가는지에 대한 해답을 조금씩 찾아가고 있다.
신이 있다면, 그래서 내가 종교를 선택해야 한다면
내가 스스로 선택하겠다.

연연

　　나는 원래부터 그랬다. 무엇을 잃어버리거나, 떠나보내면
마음을 다쳐 한동안 일어나지 못하고 그랬다. 사랑하는 사람
이 떠났을 때, 아끼던 무엇이 내 곁에서 사라졌을 때 나는 큰
상실을 느낀다. 남들보다 더 많이 아파하고, 유난히 감정 소모
가 크다. 어릴 적부터 무언가가 떠나는 것에 대한 상실이, 여
운이, 남들보다 길다는 사실을 깨닫는다. 그것은 어릴 적 나를
포근하게 해주었던 베개, 기르던 강아지, 매일같이 품에 끼고
살았던 인형, 믿어왔던 직장 상사, 사랑하던 이들에게 그랬다.

　　요즘 말로 애착 인형이란 것이 나에게도 있었다. 매일 밤,
나를 꿈꿀 수 있게 만들어 준 베개가 있었다. 그게 없으면 잠
을 잘 수가 없었다. 베개는 인형의 모양을 하고 있었고 눈과

코와, 입도 있었다. 학교도 입학하기 전인 유아 시절에 매일 베고 자던 베개인데 엄마가 빨래를 돌리는 날에는 종일 시무룩했다. 그것이 세탁기 속에서 물살에 통겨지며 이리저리 치이고, 햇볕에 나와 바짝 마르는 데까지의 시간은 참을 수 없이 고통스러웠다. 다시 나의 품으로 돌아오면 지켜주지 못해 미안하다며 종일 베개의 머리를 쓰다듬곤 했다. 결국 몇 년 후 나의 애착 인형은 찢어지고 해져서 버려졌다.

학교에 입학하고 나서는 다른 애착 인형이 생겼다. 그녀의 이름은 "쥬쥬". 용돈을 조금씩 모아 문방구에서 산 쥬쥬는 노랑머리에 잘록한 허리가 예쁘던 바비인형이었다. 어디를 가든 쥬쥬를 데리고 다녔다. 서울에 있는 외삼촌 집에 갔다가 쥬쥬를 실수로 놓고 왔는데, 다른 애착 인형이 생기기 전까지 날마다 쥬쥬 꿈을 꿨고, 창문에 서리가 끼는 날이면 '쥬쥬야, 보고싶어… 돌아와…' 라며 날이 개면 사라질 손편지를 쓰기도 했다.

스무 살 무렵 엄마가 강아지 한 마리를 데려왔다. 눈이 반짝반짝 예뻐, '똘망이'라는 이름을 붙였다. 똘망이는 우리 집에서 한두 달 정도를 함께 했다. 너무 예뻐 매일 안고 다녔다. 엄마가 "강아지 좀 걷게 내려놔라!"하는데도 꼭 그 아이를 안고 다녔다. 품 안에서 놓치지 않았다. 휴학생이 되며 아르바이트를 시작했고, 집에 돌아오면 녹초가 돼 잠들었다. 똘망이의 산책은 엄마의 몫이 되었고, 엄마가 열어놓은 대문으로 똘망이는 가출했다. 유기견, 카페, 보호소 등에 전단지를 들고 돌아다니며 희망을 놓지 않고 한 달여를 보냈지만 결국 똘망이는 집에 돌아오지 않았다. 나는 이후로도 한동안 엄청난 엄마에 대한 원망과 죄책감에 시달리며 괴로워했다. 꼭지[1]가 우리 집에 오기 전까지는 똘망이 생각에 밤잠을 설치곤 했다. 이후로도 살면서 좋아하던 것들을 많이 잃어버렸고, 잃어버리는 것이 많아질수록 상심도 커졌다. 나는 이제 물건에, 사람에 연연해하지 않으려 했다. 물건도, 사람도 결국은 닳아 없어지거나, 곁을 떠나가니까….

늘 끓어오르는 마음을 스스로 어쩌지 못해 비록 후회할 지라도 뜨거운 선택을 해왔던 나는 냉소주의자들을 동경했다. 머리와 마음의 온도가 적당히 차가운 그들은, 사사로운 정에

---

1. 스무 살에 데려와 14년째 같이 살고 있는 반려견이다.

연연하지 않으며, 보이는 것보다 조금 더 멀리 있는 것의 가치를 볼 수 있는 눈을 가졌으며 '지금 당장' 보다는 '조금 더 기다리는' 시기의 적절함을 가려낼 줄 알았고, 뜨거운 표면에 가려진 내면의 차가움을 간파하는 이들이었다. 인간은 누구나 자신이 가지지 못하는 것을 가진 이들을 동경하는 법일까, 나는 그런 그들이 부러웠다. 떠나가는 것들에 뒤돌아보지 않을 수 있음에, 사사로운 정에 다치지 않는 마음이.

잃어버릴까 봐, 떠나버릴까 봐 '마음을 주지 않아야겠다.' 차가운 척 연기했지만, 마음처럼 쉽지 않다. 다짐들은 금세 무너져내린다. 남들보다 2도씨 정도 뜨겁게, 그냥 생긴 대로 살기로 했다. 곁에 머무는 것들에게 최선을 다해 연연해하면서.

나는 또 매일 무언가를 잃어버리고, 잊지 못해 연연해한다.

외로운 게 너무 좋아

로맨스가 필요해3, JTBC 2012

친구가 어느 날 새벽에 youtube 링크를 하나 보내왔다. 로맨스가 필요해 시즌3, 주연과 주완이 처음 술을 마시는 장면이었다. 주연은 혼자 술을 마시고 있었고, 주완이 그녀의 앞에 앉아 왜 혼자 술을 마시고 있냐고 질문했다. 주연은 쏘아붙였다.

> "이 시린 겨울밤,
> 친구도 없이, 애인도 없이 술을 마셔서
> 내가 불쌍하고 쓸쓸해 보여요?
> 그래요, 아무도 날, 사랑하지 않아요."

이 장면을 몇 번을 돌려보는데 서러움이 복받친다.

아무도 나를 사랑하지 않는다는 기분에 휩싸여 마음속에 서리가 끼도록 시린, 숱한 밤들이 나에게도 있었다. 이 넓은 지구상에 나를 사랑하는 사람이 한 사람도 없다는 사실은 정말이지 지독하게 잔인하다. 그리고 그 잔인한 현실이 왜 나를 향해 있는 것인지 누구라도 붙잡고 원망하고 싶었다. 인스타그램엔 온통 잘 어울리는 커플이 럽스타그램을 해시태그 하고, 친한 친구들은 대부분 평생 배필을 만나 연락이 끊어진 지 오래돼버린 어느덧 서른의 중반. 20대에 외로움은 '날 좀 봐줘!' 관심의 갈망이었다면, 삼십 대의 외로움은 '아무도 나를 사랑하지 않는' 생각에 시린 마음이다. 불현듯 초라해진다.

아무도 나를 사랑하지 않는다는 생각에 사로잡혀 자존감이 바닥을 친 후 회사에 사표를 쓰고 온전히 혼자인 시간을 보내며 철저한 고독 속에서 2년을 보냈다. 그 시간을 나는 '자발적 유배'라고 표현하는데. 자발적 유배의 시간 동안 아무에게도 사랑받지 못하는 나를 자책했고 나를 사랑해주지 않는 사람들을 미워했고, 나에게서 사랑을 뺏어간 하늘과 신을 원망했다. 누군가를 사랑하기 위해, 누구에게나 사랑받기 위해 애를 쓰며 살았던 지난 시간을 떠올리면, 지긋지긋한 사랑 같은 것 영원히 안 하고 살았으면 좋겠다고 생각했다. 사랑이 이렇게 간절해질지 모르고 말이다.

> "어차피 세상은… 나 혼자거든요.
> 같이 있어도 혼자잖아요. 우리는.
> 나는 사랑받으려고 태어난 게 아니라,
> 나 혼자서도 잘 먹고 잘 살려고 태어났어요.
> 그리고 나는요. 외로운 게 너 ─ 무 좋아!"

고독을 경험해본 사람은 안다. 그 고독의 시간이 자신에게 얼마나 중요한 시간이었는지를.

2016년 5월이었다. 연고도 없는 통영에 내려와 혼자 사계절을 보내고 또 두 계절을 보냈다. 서른이 넘어 뒤늦게 발견한 취향이지만 나는 많은 사람과 어울리는 것을 좋아하지 않았다. 지나간 시간에 대해 큰 미련은 없지만 손안에 모래처럼 빠져나간 술값과 관계들을 생각하면 차라리 혼자서 고독했던 시간들이 나로서는 더 가치 있는 시간이었다고 생각했다. 세상에 혼자된 김에 더 철저히 혼자가 되려 내려간 통영에서 나는 한 가지를 얻어서 돌아왔다.

나는 혼자가 아니라는 것. 내가 혼자라 생각하고 힘들어할 때마다 나에게 어깨를 두드려주는 이들이 곁에 있었다는 것. 가족도 친구도 그 먼 곳까지 버스를 타고 내려와 나와 소주 한 잔을 같이 기울여주었고 내 이야기에 그리고 그들의 이야기에 같이 눈물지었으며, 함께 웃었다. 나는 혼자였지만 혼자가 아니었다. 가족이 있었고 친구가 있었고 내 곁을 늘 지키는 강아지 한 마리와 내가 기르던 귤나무 대추나무 그리고 하루가 다르게 쑥쑥 자라는 잔디들도 있었다. 무엇보다 나를 견디게 한 것은 책이었지만, 모두 나를 위로했고 나를 성장시켰다.

나는 믿는다. 내가 혼자 고독 속에서 흘려보냈던 시간이 좋은 에너지가 되어 다시 나에게로 돌아온다는 분명한 사실을. 그래서 나는 가끔, 외로운 게 너무 좋다.

주연의 대사처럼 당신은 '사랑받기 위해 태어난 것'이 아니다. 그렇다고 나 혼자 잘 먹고 잘살자고 태어난 건 더더욱 아닐 것이다. 사랑을 받는 것만이 존재의 목적이 될 수는 없다. 하지만 태어난 이유가 어찌 됐건 이 세상에 숨 쉬며 사는 이상, 사랑은 '해야만 하는 것' 아닐까. 우리는 사랑이라 부르는 모든 것에 이 한 몸을 던져보는 것도 좋지 않을까.

아무도 나를 사랑하지 않는다면? 그냥 외로우면 된다. 외로움과 고독은 단언컨대 너-무 좋은 것이니까.

당신은 혼자이면서 절대로 혼자가 아니다.

마음이 딱딱한 우리들,

너무 방어하면서 살지 말아요.

그런다고 다치지 않는 건 아니니까.

2장

나는 네가 지치지 않았으면 좋겠어

거북한 핑크

응답하라1988, tvN 2016

1985년, 둘째 딸 도연이가 태어났다. 온 가족이 실망했다. 태몽도, 부른 배의 모양도, 당기는 음식도 모두 아들일 거라 확신했지만 딸이었다. 너무 실망한 아빠는 한 달이 넘도록 둘째 딸을 품으로 안아보지 않았다. 자신의 탄생이 축복이 아닌, 실망을 처음으로 마주한 도연은 기억도 나지 않는 영아기를 상상하여 실체로 만든 다음, 자라면서 내내 아빠를 원망했다. 도연이 세상에 나와 첫 번째 맞은 생일은, 아들을 기대하며 준비했던 남자 한복을 입고 돌사진을 찍었다.

스물 둘에 처음으로 아기 엄마가 된 엄마는 첫째 딸만큼이나 둘째 딸도 예쁘고 귀했다. 그녀마저 둘째가 딸이어서 실망한 건 아니었다. 그녀는 첫째 딸을 품에 안았을때와 마찬가지로 행복했다. 둘째가 크면서 내내 서러움을 가지고 있었다는 건 나중에야 알았다. 둘째가 이리도 남자 옷을 입고 자란 기억을 탄생의 축복까지 들먹이며 진지하게 받아들일 줄 알았더라면 첫 번째 생일날 분홍색 한복을 입혔을 텐데, 후회했다.

도연은 초등학교에 입학하고도 '남자여야 했던 운명'에 대해 생각했다. 왜 자신의 이름은 언니처럼 꽃 '화' 예쁠 '연', 꽃처럼 예쁜 이름으로 지어주지 않았는지, 왜 자신은 이름에 법 '도'를 사용했는지, 이름을 지어준 할아버지마저 원망스러웠다. 이름을 바꿔야겠다고 생각했다. 무엇으로 바꾸면 좋을까 고민하다 심은하가 좋을 것 같았다.

"엄마! 나 이름 바꿔줘. 심은하로."

초딩의 억지는 당연히 받아들여지지 않았고, 심은하로의 개명은 물거품이 되었다. 도연의 성격은 이름과는 반대로 반항적이었다. 다행히 불법은 저지르지 않고 자랐지만 대부분 도덕적이기보단 부도덕한 행동을 많이 했다.

도연은 학교에서 인기가 많았다. 늘 학급 반장을 도맡아 했고, 반에서 다섯 손가락 안에 들 정도로 공부도 곧잘했다. 여성스럽기보다는 사내아이처럼 놀았고, 거친 말을 서슴지 않고 했다. 엄마는 자라면서 도연에게 치마도 입히고 분홍색 옷도 입히려고 해봤지만, 도연은 늘 체육복을 입고 다니길 좋아했고, 억지로 치마를 입혀보내는 날엔 몰래 체육복을 챙겨가 옷을 갈아입곤 했다. 엄마는 도연이 분홍색을, 치마를, 싫어하는 줄로만 알았다. 사실 도연은 분홍색을 좋아했다. 분홍색 운동화를, 분홍색 책가방을 메는 아이들이 부러웠다. 하지만 분홍색은 자신의 몫이 아니라고 생각했다. 자신은 남자로 태어났어야 할 운명이었기에 사내아이처럼 굴어야 한다고 믿고 있었다. 학급에서 키 순서로 3번을 넘지 못하는 주제에 약한 언니를 괴롭히는 친구들에겐 주먹을 휘두를 준비를 했고, 아빠에게 학대받는 엄마를 구해주고 싶어 했다. 집에서 아들 역할을 해야 한다는 생각을 했다. 그렇기 때문에 마치 자신이 분홍색을 입고 있으면 사내아이가 여자 옷을 입은 것처럼, 손가락질 받을 것만 같은 기분에 휩싸이곤 했다. 자신에게는 어울리지 않는다고 생각하는 분홍색을 시기하다 거북한 색이라는 고정관념을 가졌다. 청소년이 되어서도 도연은 절대로 분홍색을 입지 않았고 분홍색 물건은 일체 몸에 지니지 않았다.

도연과 화연은 연년생이다. 두 딸은 한 해 간격으로 태어났고 한 뱃속에서 나왔지만, 성격이 180도 달랐다. 첫째 화연은 몸이 약했고 소극적이었다. 내성적인 탓에 자신의 기분이나 감정을 큰소리로 말하지 않았고, 그런 화연을 엄마는 늘 신경썼다. 반대로 둘째는 어디를 가나 인기가 많았다. 사람들 앞에서 곧잘 춤을 추고 노래를 부르며 끼를 부리는 귀여운 막내였다. 자신이 갖고 싶은 것, 먹고 싶은 것은 생떼를 써서라도 손에 넣었다. 친구들도, 어른들도 둘째를 예뻐했기 때문에 엄마는 둘째에 대한 걱정이 없었다. 그래서 늘 첫째의 의견을 먼저 물어봤고, 첫째와 시간을 많이 보냈다. 그런 엄마 속도 모르고 둘째 도연은 자라면서 점점 삐뚤어졌다. 집으로 오면 방문을 걸어 잠그고 일기에 엄마, 언니, 할머니를 저주하는 글을 써댔고 (엄마가 도연의 비밀 일기장을 훔쳐봤다) 가족여행을 가거나 명절날에도 도연은 가족과 섞이려 하지 않았다. 그렇게 도연은 집에서 아웃사이더가 되어갔다.

　두 딸은 손재주가 좋았다. 미술대회에 참가하면 상은 모두 쓸어왔다. 똑같이 미술을 시켰지만, 도연만 예술고등학교에 진학했다. 한 해가 빠른 화연은 일반 상고에 진학했다. 당시 엄마와 아빠는 이혼했고, 엄마는 벌이가 변변찮았다. 둘 다 미술을 하고 싶어 하는데, 둘 다 예고에 진학시키기엔 비싼 등록금이 부담이었다. 화연에게 말했다. 엄마가 너무 힘들어서 그러는데, 도연이를 위해서 예고 진학을 포기해달라고. 정말 미안하다고. 화연은 몹시도 서럽게 울었지만 동생을 위해 자신의 꿈을 잠시 접었다. 그런 사실을 까맣게 모르는 도연은 다음 해 예고에 진학했다. 화연은 대학만은 꼭 미대에 가고 싶었고, 고 3이 되어서야 미술학원에 다니기 시작해 결국 미대에 진학했다. 일년 후 도연도 언니가 다니는 대학의 같은 과 후배로 입학했다. 언니는 학교를 좋아했다. 성적도 좋았고 친구들과의 관계도 좋았다. 교수님들도 모두 화연을 좋아했다. 도연이 입학하기 전까지. 한 학년 아래로 입학한 도연은 "학교 다녀오겠습니다!"하고 인사하고 대문을 나서 다른 길로 빠졌다. 같이 가자고 붙잡고 졸라도 동생은 통 말을 듣지 않았다. 가뭄에 콩 나듯 수업을 들어갔고 도연은 당연히 학사경고를 맞았다. 교수님도, 같은 학번 동기들도 화연의 동생을 썩 좋아하지 않았다. 도연이 휴학을 결정했다. 도연은 학교를 좋아하지 않았다. 엄마와 선생님의 권유로 선택한 학교였다. 언니와 같은 학교에 입학하면 장학금을 받을 수 있다는 이유도 한 못했다. 입학하고도 친구들과 정을 붙이지 못했고, 디자인 수업도 싫었다. 그림이 좋아서 대학을 진학했지만 대학교육은 전혀 달랐다. 이번에도 엄마는 도연이를 위해서 화연에게 함께 휴학하라고 했다. 일 년 동안 도연이를 잘 달래서 같이 복학하라고 했다. 혼자서 학교 다니고 졸업하면 안 된다고, 꼭 함께하라고 했다. 이번에도 화연은 너무 서러웠다. 그래도 동생을 위해 한 번 더 양보하기로 했다. 일 년 동안 화연과 도연은 함께 쇼핑센터에서 판매 아르바이트를 했고 어느덧 복학 시기가 되어 함께 복학했다.

이 모든 이야기를, 서른이 넘어 듣게 됐다. 언니가 왜 예고에 진학하지 않았는지, 왜 나와 함께 휴학했었는지, 왜 그토록 나를 미워하고 한심해했는지에 대해서. 언니에게 돌아가지 않았던 기회들을 쉽게 가진 것이, 그 기회들을 잡고서도 열심히 하지 않은 동생이 얼마나 한심하고 서러웠을지도 모두 알았다.

엄마는 언니에게만 꽃처럼 예쁜 이름을 지어주고, 언니만 예뻐한다고, 믿었던 나의 기억들이 모두 편협한 기억이란 걸 알았다. 거북했던 핑크색이, 도덕적으로 옳아야 할 것만 같은 법 '도'가 쓰인 내 이름도, 방임한다고 생각했던 나의 성장도, 엄마의 판단도 모두 이해되었다. 언니 때문에 나는 늘 뒷전이라 생각했지만, 사실은 언니 덕분에 하고 싶은 걸 할 수 있고, 언니가 닦아놓은 길을 편안하게만 갈 수 있었다는 걸. 미안하고, 또 고맙다.

엄마는 말했다.

"너는 언니한테 평생 고마워해야 해. 엄마가 화연이에게 첫째라는 이유만으로 늘 희생을 강요했어, 어린 게 얼마나 속앓이를 했을지, 엄마는 늘 그런 화연이에게 미안해…"

언니는 엄마처럼, 두 딸의 엄마가 되었다. 나는 여전히 철 없는 막내딸이다. 서른네 살이나 먹었고, 사회에서는 선생님으로, 좋은 선배로, 언니로 누나로 지내지만, 가족들은 여전히 나를 어린애 취급이다.

나는 또 생각한다. 그것이 내가 결국 돌아갈 수 있는 좋은 핑계라는 걸. 대문 밖에서 소리 내 울지도 못하고 참고 또 참다 어린애처럼 울며 돌아갈 수 있는 곳은 우리 가족 품뿐이라는 것도. 나이가 한 곱절은 더 많이 먹어도 엄마와 언니에겐 늘 어린 막내인 것이, 나에겐 보험이다. 어른인 척은 관두고 마음껏 어리광부리며 울어버릴 수 있는 안전한 곳. 결국, 가족이다.

요즘 난, 자주 핑크색 티셔츠를 꺼내 입는다.

어쩜 가족이 제일 모른다.

하지만, 아는 게 뭐 그리 중요할까.

결국 벽을 넘게 만드는 건 시시콜콜 아는 머리가 아니라,

손에 손잡고 끝끝내 놓지 않을 가슴인데 말이다.

결국 가족이다.

영웅 아니라 영웅 할배도 마지막 순간,

돌아갈 제자리는 결국 제자리다.

대문 밖 세상에서의 상처도,

저마다의 삶에 패어있는 흉터도,

심지어 가족이 안겨준 설움조차도 보듬어 줄 마지막 내 편.

결국 가족이다.

드라마 〈응답하라 1988〉 中

덕선이 18살이 되던 생일 날. 여느 때와 다름없이 보라의 생일 날에 덤으로 생일파티를 하는 덕선이는 그동안 쌓인 울분이 폭발한다. 언니 이름은 보라인데, 왜 나는 덕선이냐고 서럽게 운다. 티비 속에 공감버튼이 있었다면 아마 백만스물 다섯 번은 누르고 싶은 심정이었다. 덕선이를 보며 모든 둘째 딸들이 겪었을 일이라고 생각하니 괜한 위로가 된다.

나의 엄마에게

———

우리가 결혼할 수 있을까, JTBC 2012

나의 엄마는 1962년, 부잣집 첫째 딸로 태어났다. 대구 어느 동네에 2층 양옥주택, 잘 가꾸어진 정원이 딸린 집에서 나고 자랐다. 내가 초등학교 때까지는 그곳이 나의 외갓집이었다. 대문이 높고 다락방이 있는 집. 집안에 목공품이 잔뜩 진열되어있던, 윤택한 풍경의 집이었다. 엄마는 스물둘에 아빠를 만나 결혼했다. 언니와 내가 한해 간격으로 태어났고 스물셋 밖에 안된 앳된 여자가 두 딸의 엄마가 되었다. 엄마는 팔다리가 길고, 키가 큰 세련된 여자였고, 끼가 많아 엄마로만 살기엔 조금 아까운 사람이다. 집에서 살림만 하는 게 답답할 때면 가끔 아빠 몰래 나이트클럽에 가서 옷이 땀에 흠뻑 젖도록 춤을 추고 들어오곤 했단다. 언니와 내가 초등학생일 때 엄마는 일주일에 몇 번이고 내 손을 잡고 동네 서점으로 이끌었고, 엄마는 양귀자의 '모순' 같은 에세이들을, 언니와 나는 드래곤볼이나 추리소설, 만화, 호러물 같은 것들을 마구잡이로 빌려 읽곤 했다. 지금 책을 읽는 습관, 글을 쓰는 습관은 모두 엄마에게로 비롯되었다. 엄마는 내가 자신의 끼를 물려받아 유난히도 하고 싶은 게 많은 사람이 된 것이라고 했다. 엄마는 너무 일찍 엄마가 되어 펼치지 못한 자신의 재능을 나를 통해 해소하길 바랐고, 덕분에 나는 그림도, 노래도, 춤도, 글도 잘 읽고 잘 쓰는 재주 많은 아이로 컸다. 내가 열다섯 살이 되던 해, 엄마는 아빠와 헤어졌고 서른여덟에 두 딸을 홀로 키우는 이혼녀가 되었다. 사춘기였던 나는 아빠가 없어지는 두려움보다, 엄마가 하루라도 빨리 아빠에게서 해방되길 바랐다. 오히려 잘 된 거라 생각했다.

드라마 속 혜윤의 엄마, 들자는 일찍 남편이 죽었고, 두 딸을 홀로 키우며 아득바득 살았다. 믿었던 친한 친구에게 전 재산을 사기당했고, 혼자 사는 여자에게 함부로 하는 남자들도 겪어냈다. 20년 동안 들자는 강해졌다. 강해질 수밖에 없었다. 딸은 엄마 팔자를 닮는다는데, 팔자 물려주기 싫어 어떻게든 두 딸을 돈 걱정 없이 살게 하고 싶었다. 상식적이지 않은 행동들도 서슴지 않았다. 남자 부모의 재정상태를 뒷조사하기도 했고, 더 넓은 집, 더 좋은 환경에서 살게 하려고 분주했다. 유난을 떠는 엄마 때문에 혜윤은 정훈과 파혼까지 생각한다.

"어떻게 상식이라는 이름으로 엄마를 부모를 재단하냐?
그럴 거면 엄마가 주는 혜택 받지 말았어야지."

혜윤은 상식적이지 않은 엄마가 불편했다. 결혼을 준비하며 숨겨져 있던, 극복했다고 생각했던 모든 열등감이 튀어나오기 시작했다. 왜 나는 부잣집 딸이 아닐까, 왜 우리 엄만 품격 있지 못할까, 왜 아빤 빨리 돌아가셨을까. 그래서 상식적이지 않은 엄마가 미웠고 창피하다고 생각했다.

나 역시 그런 생각을 안 했던 건 아니었다. 학창시절, 그리고 지나온 연애에서 누군가를 사귀면 숙제처럼 가정사를 털어놓아야 했고, 나의 부모가 평범했으면 좋겠다고 생각했다. 혜윤 언니 대사로 마음이 뜨끔한다. 자유와 젊음을 바쳐 자식들을 지켜온 엄마를 부끄럽다고 생각한, 스스로가 부끄러웠다. 코앞도 바라보지 못하는, 새끼손가락보다 생각이 짧은 바보 같았다. 딸들을 지키기 위해 엄마가 희생한 인생은 내가 함부로 평가할 수도, 해서도 안되는 거였는데….

넉넉하지 못하게 자랐지만, 엄마가 나의 엄마라서 나는 충분히 행복하다. 나에겐 자상한 아버지가 없지만 치열하게 살며 두 딸을 키워낸 엄마가 있고, 엄마를 통해 정말 좋은 아내와 엄마가 되어야겠다고 다짐할 수 있었다. 재산이 많지 않지만, 이야기와 경험으로 채워진 사람으로 성장했다. 국영수를 잘하진 못했지만 엄마의 손을 잡고 서점을 드나들었던 덕분에 많은 책을 읽는 습관을 들일 수 있었고, 글을 쓰며 정신적으로 성숙해질 수 있었다. 자유로움을 지지해주는 가족들 속에서 나의 삶을 매 순간 스스로 꾸리며 살 수 있는 용기를 배웠다. 유년 시절의 결핍을 안고 살며 자격지심에 좌절하는 순간들이 있었지만, 그것이 나를 옭아매는 것이라고 받아들이지 않기로 했다. 엄마가 자신의 삶과 맞바꾸어 보호하며 만들어준 틀안에서 사랑받으며 잘 자랐다. 아빠의 역할까지 소화하느라 거칠어진 엄마, 혼자서 불평등한 세상을 살아낸 엄마를, 엄마의 나이를 고스란히 살아내며 그녀가 사뭇 용기있고 멋진 여자란 걸 깨닫는다.

엄마의 인생이 박복하여

나는 엄마처럼 살지 말아야지 평생을 생각했다.

그런데 서른 넷이 된 나는,

엄마처럼 살겠노라 다짐한다.

엄마의 스물처럼,

엄마의 마흔처럼,

엄마의 육십처럼,

서울, 이곳은

———

응답하라 1994, tvN 2013

오늘도 지하철을 거꾸로 탔다. 서울엔 지하철 노선이 왜 이리도 많은지, 같은 노선에서 다른 목적지로 가는 열차가 있기도 하고 빠르게 가는 열차, 느리게 가는 열차가 나뉘기도 한다. 웬만큼 똑똑하지 않고서는 서울에서 살아가기 힘들 것 같다.

'응답하라 1994'는 응답하라 시리즈 중 내가 제일 좋아하는 시리즈다. 어릴 적 들었던 가요가 흘러나오고, 그때의 패션, 자동차, 골목길들을 보여주며 동시대를 살았던 이들에게 향수를 자극한다. 삼천포가 신촌 하숙을 처음 찾아온 날, 서울역에서 신촌까지 가는 열차를 기다리다 하루를 다 보냈다.

택시를 타고 3천 원이면 갈 거리를 삼천포는 요금을 2만 원
이나 냈다.

> "저기요 신촌행 열차는 언제 오나요?
> 지금까지 의정부행 열차 총 3번 청량리행 열차 총 3번
> 그리고 의정부 북부행 열차 총 3번.
> 도대체 신촌행 열차는 언제 오나요?"

나는 2008년, 스물네 살에 서울로 올라왔다. 옷가지 몇 상
자와 키우던 강아지 한 마리를 데리고 집을 떠나왔다. 기업들
은 모두 서울에 몰려 있으니 자연스레 졸업 때 즈음이 되어
서는 서울에 가야만 한다고 결정했다. 이제는 보기 힘든 서울
시 메트로에서 나눠주는 종이 지하철 노선도를 해지도록 들
고 다니며 여러 기업에 면접을 봤고, 곧 괜찮은 직장에 취직
했다. 한 해를 휴학한 탓에 친구들보다 졸업이 1년 늦었고, 친
구들이 벌써 서울에서 자리를 잡고 있었기에 친구네 자취방
에 신세를 지게 됐다. 친구들과 함께 살던 집은 순환하는 2호
선 신도림역에 내려 까치산행으로 갈아타야만 갈 수 있는 신
월동이었다. 서울의 전철은 같은 승강장이면서 어떤 것은 급

행이고 어떤 것은 일반 열차다. 잠깐이라도 딴생각을 하면 어김없이 다른 열차를 잡아타게 했다. '촌-놈-' 지하철마저도 나에겐 깍쟁이 같았다.

"서울의 첫 번째 밤,
그 포근하면서도 서걱거리던 이불의 감촉과,
뜨거우면서도 서늘했던 밤의 공기를 난 아직도 기억한다.
1994년의 서울이란 딱 그랬다.
분주하면서도 외롭고, 치열하면서도 고단하며
차가우면서도 뜨거운 도시.
그리하여 정말 속을 알 수 없는 도시.
우린 당당히 서울시민이 되었지만,
아직 서울 사람은 될 수 없었다."

고향 친구들 사이에서 서울에선 택시기사가 사투리를 쓰면 빙빙 돌아간다더라는 소문이 돌았다. 택시를 탈 때면 택시기사가 우릴 서울 사람으로 착각하도록 말을 되도록 짧게 하자며 모의했고, 출발 후엔 지방 사람임을 눈치챌 수 없도록 서로 대화를 일절 하지 않았다. 실화다.

"기사님~ 신사역~ 이…요….."

　서울이란 도시 특유의 차가움과 낯섦은 서울 사람들도 마찬가지일까, 그게 어떤 날은 사람을 초라하게 만들고 참…외롭게 하기도 했다. 사는 게 힘들어 술 한잔을 기울이고 싶을 때도, 자취방에서 혼자 이불을 뒤집어써야 했고, 엄마의 따뜻한 밥이 그리운 밤에도 라면을 끓여야 했다. 우리는 직장을 옮기거나 새로운 사람을 만나면 "오빠야-해봐!"라고 놀림당했고, 직장에선 사투리를 고치길 강요받았다. 지금 나는, 사투리보다 서울말이 편할 때가 있는가 하면, 택시를 타거나 물건을 살 때는 나도 모르게 사투리가 튀어나오기도 한다. 정체성을 잃어버렸다. 응답하라 시리즈가 인기를 끌면서부터 사투리를 쓰는 남자들이 인기를 얻기 시작했고(아무래도 쓰레기 오빠 탓) 지방에서 올라와 학교에 다니거나 직장생활을 하는 사람들에게 호의적인 시선을 느낄 수 있었다. 드라마 때문에 사회적인 시선까지 바뀌었겠느냐마는, 나는 그렇게 느껴졌다. 드라마 때문에 괜스레 당당해졌고 문득 혼자가 아닌 것만 같았다. 소음이 가득한 이 지하철, 한 공간에 있는 이들이 어쩌면 나와 같이 멀리에, 엄마와 작고 따뜻한 방 한 칸을 남겨두고 떠나왔을지도 모르겠다 생각한다. 꿈을 찾아 떠나온

이들의 지친 퇴근길이겠구나, 그러니까 나는 지금 따뜻한 이들 속에 있는 거라고. 그래서 어쩌면 서울 이곳이, 너무 차갑지만은 않은 것 같다고 말이다.

서울은 늘 외롭고 차갑다고만 생각했는데,

서울은 그 자리에서 늘 예뻤는데,

내 마음이 외롭고 차가웠구나….

제대로 혼자 살기

식샤를 합시다. tvN 2013

1인 가구, 혼밥, 혼술이라는 말이 유행하기 시작했다. 1인 가구의 삶을 담은 '식샤를 합시다'라는 드라마 속 주인공 수경은 '체게바라'라는 강아지와 함께 사는 1인 가구다. 영화 보는 건 혼자 하겠는데, 줄 서서 기다리기 뻘쭘해 맛집은 혼자 못 가겠다는 수경. 그녀는 저녁마다 같이 밥을 먹어줄 사람을 찾곤 했다. 혼자 살기를 5년쯤 하고 나면 아무렇지 않게 맛집을 가고 영화를 보고, 혼자 술을 마시겠지…. 내가 그랬던 것처럼. 나는 21살부터 자취를 했다. 부모님의 곁을 떠나 살아온지는 10년이 넘었지만, 대부분 언니나 친구들과 같이 살았기 때문에 나 역시 혼자 사는 것이 익숙해지기까지는 시간이 걸렸다.

"언닌 혼자 살면서 하고 싶은 로망 같은 거 없었어요?"

　친언니가 결혼하고부터 완전히 독립했다. 29살에 완벽히
혼자가 되었다. 10평도 안 되는 원룸에, 돈이 꽤 많이 들었다.
엄마는 시집가면 제대로 된 물건을 사라며, 싼 물건들로 다
이소에서 대충 사라고 했지만, 나는 제대로 된 집에서 제대로
된 가구를 들이고 싶었다. 그리고 무엇보다 제대로 살고 싶
었다. 자취생이 아닌, 1인 가구가 되고 싶었다. 서른의 화려
한 싱글라이프. 그것이 로망이었다. 부족한 보증금을 대출받
아 10평 남짓의 원룸을 구했다. 세련되었으면서도 저렴한 이
케아에서 옷장과 책장을 샀고, 침대는 퀸사이즈로 들였다. 주
말마다 리빙샵에 들러 예쁜 식기들을 샀고, 손님들을 초대할
생각으로 그릇은 2개나 4개씩 세트로 구매했다. 주민센터에
서 주소 이전을 하고 마포구 주민이 된 날, 싱글라이프를 제
대로 시작했다.

"혼자 살 때 제일 무서운 건 귀신이 아니라 사람이야."

　나는 겁이 없는 편이다. 귀신은 살면서 한 번은 꼭 보고 싶

다고 생각할 정도로 과감한 편이었고, 나를 해하려는 사람을 만난다면 호신술로 당장 그놈의 거시기를 발로 차버릴 각오가 되어있었다. 하지만 혼자 사는 일은 예상보다 무서운 일투성이였다. 급소를 발로 차는 일은 일어나지 않았지만, 배달음식을 시켜 먹는 일도, 택배를 받는 일도, 야근 후에 빌라 복도를 걸어가는 일마저도 무서웠다. 그나마 다행이었던 건 10년째 함께 사는 꼭지가 있었기에 덜 무섭고 덜 외로울 수 있었다. 하지만 꼭지 덕분에 이웃과 잦은 트러블도 있었다. 이사하는 날, 옆집 남자가 찾아와 반려견을 조용히 시켜달라고 했고, 낯선 곳에 오니 겁을 먹어 짖어대는 꼭지를 조용히 시키느라 진땀을 뺐다. '예민한 사람인가 보다.'라고 생각은 했지만 대수롭지 않게 넘겼다. 이후로 우리 집 대문에는 욕이 적힌 포스트잇이 붙기 시작했고, 야근하고 돌아오는 날이면 불 꺼진 복도에 옆집 남자가 나를 기다리고 서 있었다. 겁이 나서 꼭지를 언니네에 맡겼는데, 꼭지가 없는데도 남자는 아침 밤낮으로 찾아왔고, 욕을 했다. 이쯤 되니 이 남자가, 과대망상 혹은 소음을 못 견디는 정신증 환자라고 생각이 들어 건물주와 관리자에게 연락하고 이런 일이 또 생긴다면 경찰에 고발하겠다고 했다. 그러곤 얼마 안 가 옆집 남자는 결국 이사를 했다.

'옆집 남자 사건' 이후로 나의 화려한 싱글라이프의 환상
은 완전히 산산이 조각나 버렸다. 온통 두렵고 외롭고 고독한
시간의 연속이었다.

드라마 속 수경의 옆집에는 구대영이란 살가운 옆집 남자
가 산다. 나도 옆집에 윤두준 같은 남자가 살았더라면 이웃
과 친해져 매일 같이 저녁을 먹을 텐데, '또 오해영'에서처럼
에릭 같은 옆집 남자가 있다면 얼른 집에 들어가고 싶을 텐
데. 현실은 과대망상 옆집 남자라니, 정말로 현실은, 드라마
와 다르다.

"삶은 어차피 혼자 먹는 저녁밥 같은 거야."

시련은 거기서 그치지 않았다. 이사하는 날, 낡은 천정에
박아놓은 못이 블라인드의 무게를 이기지 못하고 떨어져 버
렸다. 혼자 해결하려 해봤지만, 의자를 밟고 올라서도 손이
닿지 않았고, 전동 드릴로 벽을 뚫는 일은 여간 어려운 게 아
니었다.

'누군가에게 부탁해야 할까?' 혼자 사는 집에 남자를 부르

기가 불편했다. '옆집 남자 사건'이 있고 나선 사람이 무서웠
다. 블라인드를 바라보다 한숨을 푹푹 쉬고, 바람이나 쐬자
고 집을 나서다 울리는 전화벨…. 엄마다. 전화기를 붙잡고
울음이 터졌다.

"으어엉..ㅇ.ㅓㅁ…ㅏ..블라..인..드가 말이야…."

혼자 살기 너무너무 힘들다고, 짱짱하던 마음이 무너져 울
어버렸다. 엄마는 날 천천히 달랬다.

"원래 여자 혼자 사는 일이 힘든 거다. 그러게 엄마랑 같
이 대구에 살지, 왜 서울에 올라가서 힘들게 그러고 사노."

멀리 사는 딸이 혼자 살기 힘들다고 징징대면, 엄마가 얼
마나 마음이 쓰일지 알면서도, 힘들고 외롭다고 칭얼댈 사람
이 엄마밖에 없더라. 블로그엔 온통 혼밥 혼술 사진을 올려
놓고 셀프 인테리어를 자랑했는데, 친구들한테 집에 놀러 오
라며 나의 싱글라이프를 잔뜩 떠벌렸는데, 혼자의 삶을 기대
하고, 즐겁기만 할 줄 알았는데. 왜 고작 블라인드가 나를 울
렸냐고…. 엄마와 긴 통화를 끝내며 내가 왜 울었는지 알 것
같았다.

나는 외로웠다.

혼자 사는 일은 드라마처럼 로맨틱하지 않다. 저렴한 가격에 샀던 가전제품들은 하나둘씩 고장이 났고, 떨어진 블라인드는 혼자 힘으론 달수 없었다. 아무도 간섭하는 사람이 없어 좋았지만, 반대로 아무도 나를 신경 써주지 않았다. 요리, 청소, 수리 같은 모든 역할을 내가 해야 했지만 제대로 해내는 일이 하나도 없는, 어쩐지 아무런 역할이 없는 사람처럼 느껴지기도 했다. 점점 나는 무기력해졌고, 이 원룸의 주인이지만 손님 같은 느낌이 들었다.

외롭고 불편하고, 무서웠던 혼자살이가 몇 년이 지날수록 익숙해지기 시작한다. 벌써 이렇게 혼자 살아낸 지도 5년째. 혼자 먹는 밥도, 혼자 먹는 술도, 혼자 잠드는 밤들도 편안해졌다. 나를 알아가고 있다. 혼자서는 주로 어떤 음식을 먹는지, 사람 소리가 들리지 않을 때는 몇 시에 일어나고 몇 시에 잠드는지, 사소한 패턴 하나까지도 알아갔다. 가족, 친구와 함께 살 땐 몰랐던 나의 취향과 습관에 대해서도. 점점 나의 공간의 주인이, 내가 되고 있었다. 두려움, 외로움 같은 것들마

저 삶의 한 부분이라는 걸 알게 되면서부터 완벽하진 않지만,
그런대로 살만한, 로맨틱한 싱글라이프를 살고 있다.

동정하지 말아요.
이젠, 이 시간이 하루 중
제일 행복하니까.

좋아하는 일과 잘하는 일의 사이에서

미생, tvN 2014

스물넷에 대학을 졸업하고 서울로 취업했다. 내 꿈은 우주 최강 그래픽 디자이너였다. TV에도 나오고 잡지에 인터뷰도 하는 잘 나가는 디자이너가 되고 싶었다. 페스티벌을 만드는 엔터테인먼트 회사에서 6년 동안 일했다. 스물아홉 살에 과장 직책을 달았고, 즐기며 일했다. 회사에 직원이 세 명뿐이었을 때부터 시작해, 스무 명이 넘는 직원이 생기고 사무실이 점점 넓어져 가는 걸 보면서, 회사의 성장에 어느 정도는 기여하고 있는 느낌이 들어 뿌듯함이 컸던 직장이었다. 열정을 불태우며 서른까지 회사에 다녔고, 서른한 살을 한 달 앞두고 퇴사했다. 직장에 20대 젊음을 다 바쳤다.

"취직해보니까 말이야,

성공이 아니고 문을 하나 연 느낌이더라고.

어쩌면 우린 성공과 실패가 아니라 죽을 때까지

다가오는 문만 열어가며 살아가는 게 아닌가 싶어."

'미생'의 장그래는 스물여섯 살까지 바둑만 뒀다. 그 나이
까지 대학 졸업장도 없이, 토익점수도 없이, 자격증 하나 없
이. 치열하게 한길을 걸어왔으나 포기했고, 그는 사회로 내
던져졌다.

미생에서 그가 완생이 되는 이야기를 보며 나의 직장생활
을 떠올렸다. 나의 첫 직장은 공항 내부 쇼핑몰의 미관을 담
당하는 부서였다. 호기롭게 사회생활에 첫발을 디뎠지만 6
개월 만에 끝장이 났다. 더 멋진 디자인을 하고 싶었다. 스물
다섯의 나는 안정적인 복지 속 회사원이 아닌, 열정 있는 디
자이너가 꿈이었다. 우주 최강 디자이너가 되기 위해 이직한
회사에선 디자인에 대한 욕심을 해소하기에 충분했지만, 만
만치 않은 업무량에 욕심이 회한으로 바뀌었다. 창의적 작업
을 필요로 하는 업무에 비해 나의 창의력은 평범했고, 요령
없는 신입이었다. 매일 밤 울면서 야근을 했고 상사에게 시안

을 짓밟히는 건 생활이었다. 자존감이 바닥으로 떨어졌고, 걸을 때도 땅만 보며 걸었다. 나는 내가 엄청난 재능을 가진 사람이라 생각했지만, 사회로 내던져지고 나니 그저 보통의 인간이란 걸 깨달았다. 약간의 미적 재능을 가진 보통의 사람. 장그래처럼 많이도 깨지고 부딪혔다. 실수도 잦았다. 포스터 수백 장을 잘못 뽑아, 회사에서 그림자처럼 숨어 지냈던 적도 숱했다. 그러면서도 회사라는 소속감은 나를 방어해주고 실수들을 덮어주었다. 연차가 쌓이면서 실수도 줄고 야근을 하는 밤들도 줄어나갔지만, 나는 우주 최강 디자이너가 될 기미는 보이지 않았다. 기계처럼 일하기 시작했고, 습관적으로 업무를 처리했다. 디자이너가 아닌, 회사원이 되어가고 있었다.

안정이라고 부르는 반복되는 하루가, 나는 죽을 만큼 지루해졌다. 이쯤 되면 이 길은 나의 길이 아닌가 진지하게 고민하지 않을 수 없었다. 좋아했고 열심히 했지만, 남들보다 뛰어나지 않았던 디자이너라는 직업을 포기해야 하는 갈림길에 서 있었다. 물론 자존심도 상했다. 하지만 인정해야 했다. 장그래의 독백처럼 열심히 하지 않은 거로 생각해야 했다. 그냥 내가 버린 거로, 혹은 열심히 하지 않아서 버려진 거로. 열심히 하지 않은 건 아니었지만 열심히 하지 않아서 버려졌다고, 자기합리화를 했다.

"난 그냥 열심히 하지 않은 편이어야 한다. 열심히 안 한 것은 아니지만 열심히 안 해서 인 거로 생각하겠다. 그래서 난 그냥 열심히 하지 않은 편이어야 한다. 열심히 안 한 것은 아니지만 열심히 안 한 거로 생각하겠다. 난 열심히 하지 않아서 세상으로 나온 거다. 난 열심히 하지 않아서 버려진 것뿐이다."

서른한 살을 한 달 앞두고 퇴사했고 2년 동안 여행만 했다. 다시는 디자인을 하지 않겠다며 하드디스크를 포맷했다. 가지고 있던 폰트를 싹 지웠다. 포트폴리오로 남길 자료도 회사에서 가져오지 않았다. 미련을 남기고 싶지 않았다. 하고 싶지 않았다. 여태 좋아하는 일에 매달렸으니, 앞으로는 잘하는 일을 하며 칭찬받고 싶었다. 이제 무슨 일을 하며 어떻게 살아야 할지 막막했다. 길을 잃은 기분이 들었다. 회사라는 소속감이 나에게 생각보다 깊이 파고들어 있었나 보다. 회사를 그만뒀을 뿐인데 세상에 쓸모없이 버려진 외톨이 같았다.

"길이란,

걷는 것이 아니라 걸으면서 나아가기 위한 것이다

나아가지 못하는 길은 길이 아니다.

길은 모두에게 열려 있지만

모두 그 길을 가질 수 있는 것은 아니다."

몇 년이 지난 지금, 나는 잘하는 일로 돈을 벌고, 좋아하는 일은 즐기기로 했다. 시간이 날 때마다 좋아하는 글을 쓰고 그림을 그린다. 좋아하는 일은 꾸준하게 좋아하려 한다. 뛰어나진 못했지만 평범한 재능으로 먹고 살만큼의 돈을 벌고 있다. 회사 덕분에 자존감을 잃었고, 남들보다 뒤처지고만 있다고 생각했지만, 회사 덕분에 나는 배우고 성장했다. 그것만은 확실했다. 배움 없는 시간이란 존재하지 않는다는 걸.

나는 최근 '프리랜서 디자이너로 독립하기'라는 주제를 가지고 특강을 가끔 간다. 학생들에게 이런 말로 강의를 마무리하곤 했다.

"하고 싶은 일로 돈 벌려고 하지 마세요, 낭만적인 밥벌이? 그건 옛날이야기에요. 잘하는 일로 돈을 벌고, 좋아하는

건 그냥 즐기세요. 그게 좋아하는 일을 오래 하는 방법이 아

닐까요?"

다른 무엇보다 지금은 지치지 않는 게 중요하다고
다시 한 번 생각한다.
버겁더라도 지치지 않기로,
좋아하는 일을, 하고 싶은 일을
계속해 나갈 수 있는 용기를 잃어버리지 않겠노라고.

THERE IS NO
EXIT

불안정 속 안정, 불규칙 속 규칙

미생, tvN 2014

회사에 사표를 내고 긴 여행을 떠났다. 태어나 처음으로 돌아오는 티켓이 없는 여행을 시작했다. 통영으로 내려갔다. 통영에 머물며 한껏 시간을 낭비하고, 지루하리만큼 날마다 한가롭게 젊음을 흘려보내기로 작정했다.

"일상이란 걸 즐겨본 적이 없는 것 같아.
심심한 걸 즐겨본 적도, 한가한 걸 누려본 적도."

서울에서는 하루가 왜 그리도 치열했을까, 무엇을 이루고 무엇을 성취하기 위해 그렇게 아등바등했을까. 통영에선 그동안의 시간을 보상받듯 사색을 하며 시간을 낭비했다. 그것도 지루해질 때면 책을 본다. 향이 좋은 커피를 내리고, 책장

가득 꽂혀있는 책들을 손에 잡히는 대로 읽었다. 해가 잘 드는 날이면 옥상에 올라가 빨래를 널고, 비가 오는 날이면 화분들을 처마 밖으로 밀어내곤 했다. 뜨거운 햇살 아래 널어놓은 빨래들은 언제 축축했냐는 듯 바스락거리는 종이처럼 말라있었고, 햇볕 냄새가 났다. 매일 이런 날이 계속되어도 좋겠다고 생각했다. 통영에서 나는 여유롭게 바빴다.

통영에서 18개월째. 다시 도시로 일터로 전쟁터로 돌아가기로 한다. 마음이 지쳤고, 사람이 싫어서 도망치듯 내려온 통영이었는데, 이젠 사람이 그립다. 누군가를 만나 열정적으로 연애하고, 좋아하는 일에 매진하고 싶다는 생각이 스멀스멀 올라왔다. 다시 마음이, 정신이, 사회로 나갈 수 있는 건강한 상태로 돌아왔다는 신호였다. 도시로 돌아가며 나는 몇 가지 다짐을 했다. 다시 직장생활을 하지 않기로 했고, 무엇보다 나를 돌보는 일을 소홀하지 않기로 했다. 직선적인 조직문화와 매년 반복되는 일정한 패턴의 직장생활은 나를 불행하게 만든다는 것을 경험했기 때문에 다시는 직장을 다니지 않는 것으로 자신과 합의했다. 그리고 마음이 쉽게 무너지지 않도록 언제나 나를 돌보아주자고 다짐했다. 마음은 예민한 사

춘기 소녀 같아서, 잠시라도 돌봐주지 않으면 곧바로 티를 내
곤 한다. 그런 내 마음속 사춘기 소녀를 평생 어르고 달래며
잘 지내보기로 했다.

"어른이 된다는 건 나 어른이요 떠든다고 되는 게 아니야.
꼭 할 줄 알아야 하는 건 꼭 할 수 있어야지.
어른인 척하지 말고 어른답게 행동해."

　통영의 생활을 정리하고, 사회로 다시 돌아가 프리랜서가
되었다. 좋아하는 일을 하고, 좋아하는 그림을 그린다. 여행
이 가고 싶을 땐 종종 여행도 떠난다. 하지만 프리랜서로의
생활은 쉽지만은 않았다. 생활방식을 만들지 않으면 한없이
게을러지기 때문에, 자신과의 약속을 만들어 지켜야 했다. 아
침 8시에 눈을 뜨고 자정이 되면 억지로라도 잠을 청했다. 피
곤하지 않으니 잠도 오질 않았다. 그래도 너무 게을러지지 않
도록 노력하고 있다.

　여전히 매달 신용카드 인출 일이 되면 불안하다. 월급을 받
을 때보다 소비를 많이 줄여가며 이유 없는 과소비는 하지 않
았지만, 신용 카드값이 빠져나갈 때면 괜스레 죄책감이 들기

도 한다. 월급이 아닌 불규칙적으로 들어오는 소득을 관리하기도 쉽지 않았다. 하지만 1년, 2년이 지나면서 불안정 속 안정이 생겼고, 불규칙한 생활 속 규칙이 찾아지고 있다. 나는 요즘 어른스럽게 살기 위해 고군분투하고 있다.

"위험한 곳을 과감하게 뛰어드는 것만이 용기가 아니다.
뛰어들고 싶은 유혹이 강렬한 것을 외면하고
묵묵히 나의 길을 가는 것도 용기다."

사람들은 이런 나를 보고 더러 부럽다고 한다. '하고 싶은 걸 다 하고 살아서 좋겠다. 출근 안 해도 돼서 좋겠다, 여행하고 싶을 때 여행할 수 있어 좋겠다.'고 한다. 한편으론 부럽고 한 편으론 무모하다고 생각한다는 것쯤은 알고 있다. 나 역시 한 편으론 행복하고 한편으론 무모함 때문에 좌절하기도 하니까. 나는 반대로 평범한 그대들이 부럽다. 조직 생활을 참아낼 수 있는 우직함이 부럽고, 비를 피할 수 있는 지붕이 있는 회사가 있음이 부럽다. 주말을 기다리고 휴가를 기다리며 하루를 충실히 살아내는 부지런함도 부럽다. 그중 제일 부러운 건 6개월 후를, 1년 후를 계획할 수 있는 예상 가능한 인생이

부럽다. 친구들이 회사 불평에 상사 뒷담화를 늘어놓으면서
도 왜 용기 있게 퇴사하지 않느냐고 생각했던 시간도 있었다.
매일 마음속에 사표를 품고 산다면서도, 사표를 쉽게 던지지
못하는 이야기를 들을 때면 한번 사는 인생 질러버리라고 주
제넘게 책임지지 못 할 충고도 했다. 하지만 회사를 나와 현
실에 부딪혀본 후론, 그대들의 머뭇거림을 존중하기로 했다.
우직함을, 묵묵함을, 그대들의 용기를 존중한다. 사표를 던지
지 않는다는 건, 용기가 없는 것이 아니라, 참을 줄 아는 용기
를 가졌다는 뜻임을 알았다.

"남들한테 보여지는 건 상관없어요.
화려하진 않아도 필요한 일을 하는 게 중요합니다."

누군가에게 보여주기 좋은 일을 했었고, 화려한 일을 찾아
다녔던 과거와는 달리 소박하지만, 의미 있는 일을 하면서 살
아가고 싶다고 생각한다. 가령 내가 그린 그림들을 작은 카
페에 전시해보는 것, 내가 써낸 글들을 엮어 담백한 표지 디
자인으로 출간하는 꿈을 가진다. 대단한 포부도, 부자가 되고
싶은 생각도 없다. 그저 잘하는 일을 하고, 정당한 대가를 받

고 그 대가로 행복한 삶을 영위하기 위해 소비하는 것이 좋다.

'정당한 일'이라는 것이 조금은 사회적으로 보탬이 되는 일이었으면 한다. 남의 것을 빼앗거나, 쟁취하려고 안간힘을 쓰는 것보다 여유로운 마음으로 좋은 곳에 나의 재능을 소비하며 살고 싶다. 무엇보다 나는 내가 지치지 않고 끊임없이 무모하게 살아갈 수 있길 바란다.

마음의 고향 통영

로맨스가 필요해3, tvN 2014

처음부터 지금처럼 자연스러운 것은 아니었다. 통영에 내려온 지 1년 6개월이 되었다. 통영을 가기로 한 건 지금과는 다른 삶을 살아보기 위한 나의 자발적인 선택이었다. 대체로 평온했지만 어떤 날은 불안하고 외롭기도 했다. 연고가 없는 곳에서 다른 삶을 살아보는 것. 이 시간은 훗날 나에게 분명 굵은 선으로 남을 기억이 되리라 확신했다.

처음 통영을 찾은 날은 친구와 함께였다. 앞으로 살아갈 곳이 궁금해 통영으로 향했다. 공사가 한창이라 '공사현장' 그뿐이었다. 어떤 삶을 살게 될지 감도 오지 않았다. 그리고 한 달후, 공사가 막바지라는 이야기를 전해 듣고 이삿짐을 엄마 차에 실어 통영으로 갔다. 공사가 마무리되어간다는 소식을 듣고 내려왔지만, 잊음[2]은 앞으로 살아갈 '집'이 아닌 여전히 '공사현장'이었다. 엄마는 그런 '현장'에 딸을 두고 올 수 없었는지 집으로 돌아가자며 내 손을 잡아끌었다.

"그냥 여기서 이불 하나 깔고 자면 돼. 엄마."

안심시켜봤지만 통하지 않았다. 서피랑 골목에 간장게장이 맛있다는 식당에서 둘이 말없이 저녁을 먹고 동피랑 마을을 구경했다. 급히 잡은 강구안 숙소에서 하룻밤을 보내고 다시 집으로 향했다. 후에 공사가 완전히 끝나고 엄마와 다시 통영을 찾았고, 엄마는 앞으로 내가 누울 작은방에 걸레질을 해주고, 내가 사용할 화장실을 청소했다. 그리곤 새벽 세 시에 차를 몰고 대구 집으로 돌아갔다. 엄마는 내가 이사를 할 때면 항상 방을 닦아주고 화장실 청소를 해준다. 엄마 손이 닿지 않으면 마치 아직은 사람이 살면 안 되는 곳 같다. 엄마는 날 그렇게 길들였다. 첫 시작은 엄마가 없으면 안 되도록. 그러곤 엄마를 보내는데 마음이 서럽다. 엄마와 나의 거리는 서울에 있을 때보다 훨씬 가까워졌는데도, 엄마를 떠나는 건, 그리고 보내는 건 늘 마음이 좀 그렇다.

---

2. 1년 6개월을 머물렀던 통영의 100년된 한옥스테이. 소설 '김약국의 딸들'의 실제 모델이다. 이 곳에서 1년 6개월 동안 잊음을 운영했다.

잊음 오픈을 앞두고 며칠 동안 서울에서 도착한 짐들을 서둘러 정리했고 한옥 구석구석을 닦았다. 먼지를 털었고, 그렇게 한옥스테이 '잊음'은 문을 열었다. 구석구석 내 손때가 안 묻은 곳이 없다. 얼마간은 통영 거리를 자주 걸어 다녔다. 혼자 있는 시간을 좋아하지만, 이번처럼 혼자일 수밖에 없는 상황은 처음이다. 철저하게 혼자가 되었다. 카메라를 목에 걸고 전혁림 미술관을 자주 갔고, 봄날의 책방에서 책을 봤다. 그리곤 용화사에서 오랜 세월을 버텨낸 소나무 길을 산책했다. 통영 바다의 여름은 덥고 습했지만, 이상하게 기분이 좋았다. 나는 마치 베테랑 여행자가 된 기분이었다.

동피랑 마을은 관광객이 많아 주말이면 늘 인산인해다. 가끔 달이 밝은 밤, 동포루에 오르면 강구안 야경이 참 예쁘다. 가까이에선 천박해 보이던 모텔 불빛도, 바닷물에 반영되어 흔들릴 때면 감상적으로 바뀐다. 알록달록한 빛들이, 바다에 유화물감을 풀어놓은 듯 화려하다. 어선들을 정박해놓은 강구안을 걸으면서 '내가 바닷가 마을에 살고 있구나.'라는 걸 실감했다. 태어나서 한 번도 바닷가에서 살아본 적이 없다. 바다보다는 산을, 파도보다는 계곡의 물살을 좋아했던 나는 낯선 통영의 바다마을 풍경이 천천히 익숙해져 가고 있다. 비가 내리는 날은 축축한 밤바다를 산책했고, 해산물을 사러 나가 시장 상인들의 기에 눌리지 않고 토박이인 척 흥정을 하기도 했다. 통영에서 제일 좋아하는 곳은 낚시공원인데, 한 시간가량 바닷길을 따라 걸으며 땀을 조금만 흘리면 아주 멋진 전망대에서 일출을 볼 수 있다. 자주 일출을 보러 갔다. 작은 섬들 사이에서 다이아몬드 같은 해가 떠오르는 걸 가만히 보고 있자면, '통영에 내려오길 참 잘했구나' 하는 생각을 절로 들게 해주는 곳이었다. 지인들이 통영이 너무 좋다며 칭찬이라도 하면 어깨가 으쓱해지는 걸 보면 나도 통영 사람이 되어가고 있는 건가? 나는 이제 산보다는 바다를, 계곡의 물소리보다는 파도 소리를 듣는 걸 더 좋아하는 사람이 되었다.

가끔은 가까운 섬으로 여행을 했다. 배를 타고 한 시간여를 들어가면 더 크고 멋진 섬들이 있지만 나는 가까운 섬을 주로 갔다. 태어나서 처음으로 배를 타고 가본 섬, 연대도와 만지도는 아찔한 출렁다리로 연결되어있어 트래킹 코스로 떠오르는 곳이다. 연대도의 소박한 골목을 지나 고래 꼬리 모양을 한 몽돌 해변엔 돌이 얼마나 반짝거리고 예쁘던지, 동글동글한 몽돌을 손바닥 위에 하나 올려두면 이상하게 마음마저 따뜻해졌다고 할까. 그리고 연대도 선착장에서 다시 배를 잡아타고 10분 정도 바닷길을 건너면 학림도라는 작은 섬까지 갈 수 있다. 섬이 얼마나 작은지 마을 사람을 다 합쳐도 100명이 조금 넘는다고 하는데, 실제로 50명도 채 살지 않는 느낌이 들었다. 육지의 불빛이 닿지 않는 학림도에 보름달이 뜨면 바다에 비치는 달빛이 가로등보다 밝아서 불빛 없이도 편히 다닐 수 있을 정도였다. 사람들은 또 어찌나 친절하고 좋은지, 섬사람들은 까칠하다는 편견을 완전히 깨트렸다. 난 서서히 통영 사람들이 좋아지기 시작했다.

통영 사람들은 대체로 친절하다. 그리고 통영 사람들의 말투는 사랑스러운 면모가 있다. 대구가 고향인 나는 무뚝뚝하고 퉁명스러운 사투리에 익숙하다. 나도 모르게 툭. 경상도 특유의 건조함이 말투에서 드러난다. 그런데 통영 사람들은 조금은 수다스러운 편이고 나에게 관심이 많았다. 연고지도 없는 곳에, 시집도 안 간 처녀가 이사를 왔으니, 다들 궁금하고 걱정스러운 마음이 생기는 건 당연하다 여겼다. 그런 관심이 처음에는 부담스럽기도 했지만, 곧 익숙해졌다. 친구도 사귀었다. 6살 어린, 친구 윤근이. 나의 긴 여행에서 윤근이는 동생이 아니라 좋은 친구였다. 친구가 되는 것에는 나이가 중요한 게 아니니까. 통영에서 멋진 곳을 안내해주기도 하고 서로의 고민을 의논해주기도 했다. 윤근이는 최근 들어 가장 고맙고도 미안한 인물이 되었고, 내가 잊음을 떠나면서 잊음을 관리하는 2대 잊음 지기가 되었다.

잠시만 쉬었다 가자 했는데 벌써 1년 6개월이 지났다. 한 계절만 여행하자 했는데 4계절을 넘어, 다시 봄과 여름을 맞았다. 뜨거운 여름밤을 부둣가에 앉아 흔들리는 바다를 보며 보냈고, 쌀쌀한 가을을 떠오르는 일출을 보며 마음을 달랬다. 수도가 얼어붙는 추위가 온 겨울에는 패딩을 입고 온돌방에 앉아 이리도 가만히 앉아서 책을 읽는다. 이제 길었던 여행을 마무리할 시간이 다가옴을 느끼며 이곳에서의 추억을 하루하루 후회 없이 보내기 위한 준비를 한다. 잊음에선 지난 상처들을 잊어버리기도, 역설적으로 잊고 살던 상처들을 꺼내 보기도 했다. 그동안 너무 무심했던 게 아닌지, 내 인생만 중요하다고, 내가 주인공이라며 곁에 있던 수많은 좋은 사람들을 놓쳐버린 건 아닌지 천천히 되돌아봤다. 잊을 건 잊고, 잃어버린 것은 다시 찾는 시간을 보내며 나는 한 뼘 정돈 어른에 가까워지지 않았을까.

잊음을 서른 살의 기념 여행으로, 우리 아이의 백일 여행으로, 엄마의 생일을 축하하며 다녀왔던 통영 여행의 따뜻했던 잠자리로 기억하며, 십 년, 이십 년이 지나도 그들이 우리의 추억을 잃어버리지 않고, 아픈 기억들을 잊어버리러 다시 찾아오는 공간이 되길 바라본다. 이렇게 잊음 지기 생활을 마무리하며 잊음과 나를 짧게나마 스쳐간 사람들 모두 잘 사시길. 잊음에서 만난 당신들이, 잘 살면 그걸로 됐다. 떠나면 그리워질 바다도, 사람도, 내 손때 묻은 한옥도, 내가 지키는 곳이 아닐지라도 언제든 잠시 멈춤 하고 싶을 때에 찾아오게 될 마음의 고향, 나의 통영이다.

2016. 8월의 여름날, 통영 잊음에서

삶은 가끔 종종 짓궂은 퀴즈를 던져

내내 속수무책으로 만들다가

엉뚱한 곳에 힌트를 놓아두기도 한다.

물론 그렇게 얻은 해답이 모두 정답이라는 보장은 없다.

드라마 〈미생〉 中

응원만 해, 충고는 됐어.

———

로맨스가 필요해3, tvN 2014

신주연의 직장동료 이민정, 서른여섯 독신녀다. 사랑에 지쳤고, 감정놀음은 지겹고, 연애만 하고 즐기기만 하면서 살고 싶다. 그녀는 금요일마다 만나는 남자와 말이 잘 통했고 같이 있으면 즐거웠다. 조기폐경이 진행되고 있는 와중에 임신한 사실을 알게 되고, 그녀는 혼란스러웠다. 마지막일지도 모르는 임신, 그녀는 아이를 낳고 싶다.

"애기, 해봐. 내가 별로 도와줄 것도 없고
책임도 못 지겠지만 애기는 들어줄게."

남들과 다른 삶을 선택한 민정을 주연은 걱정스러워 몇 마디를 거들었지만, 민정은 아이를 낳기로 했다. 그녀는 친구에게 터놓지 못하는 이야기를 동료 주연에게 말했고 주연은 그녀의 편이 되어주기로 한다. 민정은 결정이나 책임을 바란 게 아닌, 그저 들어주는 나의 편이 되어줄 수 있는 친구가 필요했다.

"되도록 낳고 싶은데, 무서워 모든 게,

임신하고 나니까 모든 게 무섭다.

예전에 나 무서운 게 없었어,

그냥 내 마음대로 살아버려도 되는 인생이었잖아.

부모님은 돌아가신 지 오래됐고,

형제도 없고, 친구들은 다 애 엄마고…"

나는 늘 친구들보다 한 템포가 느렸다. 항상 다른 결정을 하고 다른 길로 갔다. 언제부터였을까, 그런 기분이 들기 시작한 게. 아마도 대학을 1년 휴학하면서부터 인 것 같다. 졸업이 1년이 늦어졌고, 취업도 1년이 늦었다. 첫 취업을 실패한 것이 한몫하면서부터, 나는 신입 딱지를 떼는 일이 꽤 오래 걸렸다. 연애도 자꾸 실패했다. 그 사이 친구들은 평생의 배필을 만나 시집을 갔고, 아이를 낳아 기르기 시작했다. 그런데 나는 여전히 내 앞날을 걱정하고, 밥벌이를 고민한다. 또래 친구들과 사는 속도가 달라지면서 거리가 멀어질 수밖에 없었다. 사는 방식이 달라지니 대화 주제도 달라져 예전처럼 밤을 지새우며 수다를 떠는 일은 점점 줄어만 갔다. 고민 상담을 시작하면 그녀들의 우려 섞인 충고를 들어야 했고, 나는 변명을 늘어놓는 상황이 자꾸 만들어졌다. 나는 요즘 말로 답정녀. 나는 그때마다 변명을 늘어놓으면서 하고 싶은 것들을 했다. 뜨거운 줄 알면서도 손을 댔고, 가시밭길인 줄 알면서 발걸음을 옮겼다. '저 불 속엔 뭔가가 있을 거야, 저 가시밭길을 건너면 분명 꽃길이 나올 거야,' 하면서.

"응원만 해, 충고는 됐어.
난 너보다 천 번은 더 생각한 당사자니까."

요즘은 내 이야기를 충고 없이 들어주는 사람이 필요한 건지도 모르겠다는 생각을 한다. 누구는 직장이 중요해 결혼을 미루기도 하고, 누구는 결혼이 중요해 직장을 그만두기도 한다. 또 어떤 누구는 결혼이나 출산이 중요하지 않기도 하고. 미혼모를 선택하기도 하고…. 누구의 삶이 맞고 틀리다고 우리가 판단할 수 있을까? 누가 평범하고 누가 평범하지 않은 것인지도 잘 모르겠다. 그것을 나누는 기준이 무엇인지도.

　살다 보니 좋은 일이 나중까지 좋은 일이 되리란 법이 없었고 나쁜 일이 되레 좋은 일이 되기도 했다. 누군가의 인생을 충고하고 판단하기엔 아직 우린 생의 끝까지 가보지 못했고, 그 선택이 지금은 맞고 나중은 틀릴지도, 혹은 지금은 틀리고 나중은 맞는 선택일지도 모르는 법이다. 그러니 섣부른 충고는 삼키기로 한다. 당신들은 나보다 천 번은 더 생각한 당사자일 테니까.

친구는 응원해주는 사람이야. 판단하는 사람이 아니라.
난 너희들한테 인정받는 것도 싫고, 평가받는 것도 싫어.

그냥 난, 너희들한테 응원받고 싶어.

드라마 〈로맨스가 필요해2〉 中

곁에 있는 사람에게 충실하기

———

나에게도 죽고 못 사는 친구 셋이 있었다. 고등학교 3년을 붙어 다녔고 대학 졸업 후 서울로 함께 올라와 치열했던 첫 사회생활을 같이 시작했다. 그렇게 10대, 20대의 기억을 함께 나누어가졌다. 그녀들은 가족보다 더 가족이었다. 나는 학창시절 짜장면을 배달시켜 먹거나 라면을 끓이는 일이 많았다. 따뜻한 가정에서 자란 친구 K는 선뜻 자신의 엄마를 내어주었고, 바쁜 엄마를 대신해 친구의 어머니가 매일 나의 점심을, 저녁을 챙겨먹였다. 고등학교에 진학해서도 마음을 잡지 못했으며 학교 친구들과 쉽게 어울리지 못했다. 열등감이 자꾸 끓어올랐던 것 같다. 내 마음을 늘 신경 써주던 친구 C는 점심시간이 되면 책상에 엎드려있는 내 손을 잡고 운동장 햇살 아래로 이끌었다. 공부도 잘하고 얼굴까지 예쁜 데다가 매

점을 다녀오면 책상 서랍에 내가 제일 좋아하는 과자를 넣어 주던 친구였다. 우리들은 그렇게 우리만의 세계에서 서로에게 가족이자 보호자였다.

성인이 되면서 서로에게 조금씩 비밀이 생기기도 하고, 직장에서 한 자리씩 차지하게 될 만큼 나이가 들고부터는 사는 동네의 거리만큼이나 생각의 차이도 멀어져만 갔다. 우리는 어느샌가 서로를 이해하려 하지 않았고, 서로에게 시시해져 버린 오래된 연인처럼 대화는 늘 부족하기만 했다. 멀어지고 멀어지다 우리는 결국 '친구'의 과거형인 '친구였었다'가 되었다.

한동안은 그렇게 멀어진 우리 사이가 쉽게 회복되지 않는다 해도 상관없을 거라 생각했다. 사는 것도 바쁘고 연애도 힘들고 하루하루가 치열한데, 멀어진 친구의 마음을 붙잡아두기 위해 에너지를 쏟기는 피곤하다 여겼기에 힘들여 관계를 회복하려 하지 않았다. 나만 외톨이가 된 것만 같은 기분이 들어 자존심을 세우느라 먼저 손을 내밀지 못한 이유도 있었다.

나는 금세 그녀들이 없는 일상에 적응해갔다. 일요일 오후 추리닝 바람으로 친구들과 동네 카페를 누빌 수 있는 일상이 없어졌고, 기어이 얻어낸 휴가에서 같이 출발해줄 동지가 없어졌다. 물론 그사이 좋은 친구들도 많이 생겨나긴 했지만, 이젠 나는 혼자가 편하다. 우리는 이후로 가끔 연락하며 지내게 되었지만, 예전으로 돌아갈 순 없었다. 나는 생각했다. 내가 그때 먼저 손을 내밀었더라면…. 관계를 붙잡지 않은 건 나였다. 일방적인 사랑이란 없는 건데, 내가 먼저 다가가기 힘든 만큼 상대도 다가오기 힘들었을 건데…. 나 자신보다 의지했던 친구에게 그 한 번을 양보하지 못했다. 후, 다시 생각해도 나의 20대는 정말 별로다.

나는 나의 20대가 못난 모습들로 가득해 가끔 부끄러워 얼굴이 벌게진다. 많은 추억을 함께했던 친구들과 멀어진 후론, 친구라는 이유로 조건 없는 이해와 지지를 바라지 말자고 다짐한다, 좋아하는 사람일수록 더 많이 배려하는 노력이 필요하다. 곁을 지켜주는 친구들에게 한 번이라도 '네가 있어 난 늘 힘이 된다.'라고 얘기하기로 한다. 그러니까 너도 힘을 냈으면 좋겠다고. 혼자가 편해져 소중한 이들에게 소홀해지는 못난 습관들을 오늘도 이 글을 쓰면서 또 한 번 반성한다.

무엇보다 니 마음이 가장 소중해

—

괜찮아, 사랑이야, SBS 2014

2014년 겨울, 여느 때와 다름없이 야근을 하고 술에 취한 채로 대문을 열었다. 고작 열 평도 채 안 되는 텅 빈 집에서 싸늘한 공기가 나를 에워쌌다. 외로움이 온몸에 스몄다. 현관문을 닫는 순간 눈물이 났고 침대에 누워 한참을 울다 잠들었다.

'나 왜 이러지?'

평소엔 괜찮다가도, 사람들과 어울려 시간을 보내는 날엔 유독 더 우울했다. 야근과 밤샘 작업을 반복하고, 주말엔 술을 마시고 시체처럼 잠만 잤다. 휴일이 없었다. 집안에 온기도 없었다. 나는 지금 무엇을 위해 살고 있는지, 무가치하고 무의미한 나의 삶을 생각했다. 다른 많은 이유가 있었지만, 다시 활

기차게 살고 싶다는 생각에 회사에 사직서를 냈고 미술 심리 상담사 공부를 시작했다.

"나는 아주 아름다운 세상에서 살 수도 있었는데,

왜 이렇게 지도에도 없는 길을 가야 하나,

언제까지 이렇게 불행하게 살아야 하나.

내 머릿속에 든 건 오직 하나였다.

어떻게 해야 정상적인 인생을 살 수 있을까."

미술 심리치료사[3]가 되기 위해서는 3개월간 집단 상담을 받아야 하고, 시험을 치른다. 상담과 치료를 직접 받아야 본인이 상담사가 되어 내담자[4]를 상담할 수 있기 때문이다. 첫 번째 수업시간, 선생님은 자신을 소개해보라 했다.

"안녕하세요, 저는 이도연입니다. 나이는 서른한 살이고요. 디자이너입니다. 반갑습니다."

수업을 신청한 학생은 다섯 명이었고 평범한 가정주부, 심리를 공부하는 학생, 나처럼 심리학과는 아무런 관련이 없는 사람도 있었다. 선생님이 이번에는 그림을 그려서 자신을 소

---

3. 미술 심리상담사 자격증 3급 과정. 민간자격증이다.
4. 상담을 의뢰한 사람

개해보라고 했다. 지금 떠오르는 장면을 그리기로 했다. 한옥의 너른 앞마당 평상 위에서 그림을 그리고 있다. 큰 나무가 그늘을 만들어 주고, 그늘에 강아지가 나른한 자세로 낮잠을 자는 풍경이다.

"저는 이도연이라고 합니다. 제가 살고 싶은 삶을 그려봤어요. 그림을 그리고 살고 싶은데. 상업 디자인을 하고 있어요. 언젠가는 다시 그림을 그리면서 살고 싶고요. 지금은 원룸에 강아지 한 마리와 함께 살아요. 창문을 열면 하늘이 보이는 집에서 살고 싶어요."

소개하는데 눈물이 났다. '나 정말 왜 이러지?' 자기소개를 하는 다섯 명은 그림으로 자신을 소개하면서 서로의 소개를 들으며 울고, 자기 얘기를 하면서도 울었다. 우리는 심리치료를 공부하러 온 사람들이었지만, 마음이 아픈 평범한 사람이기도 했다.

"암이다, 다리가 잘린 환자다, 그런 환자나 장애인들은 동정이나 위로를 받는데, 정신증 환자들은 사람들이 죄다 이상하게 봐. 꼭 못 볼 벌레 보듯이. 큰 스트레스 연타 세 방이면 너나 할 것 없이 걸릴 수 있는 게 정신증인데."

나는 불행하다고 느끼고 있었던 것 같다. 바쁘고, 일에 치이고, 상사에게 까이고, 사람에게 배신당하는 치열한 서울에서의 시간은 빠르게 지나갔다. 내가 일인지, 일이 나인지….정신을 차려보니 벌써 서른이었다. 단 하루도 마음 편히 쉰 적이 없었고, 술, 담배, 클럽, 남자를 이용하며 스트레스가 해소되고 있다고 믿고 있었다. 외로웠고 답답했고 불안했다. 나는 내가 불행한지 모르고 있었다. 왜 울고 있는지조차도.

치료는 계속되었다.

"남들이 보는 나와, 내가 보는 나를 그려보세요. 도화지를 반으로 접어, 접어진 앞면에는 타인들이 보는 나의 모습, 도화지를 펼치면 내가 생각하는 나의 모습을 그리는 거예요."

나는 도화지의 겉면은 화려한 색을 칠해 피에로를 그렸다. 반짝반짝, 알록달록하게. 도화지를 펼쳐서는 큰 책장을 등지고, 작은 서재에서 그림을 그리며 혼자 앉아있는 모습을 그렸다. 색은 조금만 썼다. 선생님은 타인의 시선에서의 나와, 내가 생각하는 모습이 비슷할 때 가장 건강한 정신을 유지할 수 있다고 했다. 이제야 마음의 불안이 어디서 온 것인지 조금씩 알 것 같다. 나는 타인의 시선에서 자유롭지 못한, 늘 남의 기분을 살피며 사는 사람이었다.

"세상에 제일 폭력적인 말이 남자답다, 여자답다, 엄마답다, 의사답다, 학생답다. 뭐 이런 말들이라고. 그냥 다 처음 살아보는 인생이라서 서툰 건데, 그래서 안쓰러운 건데, 그래서 실수 좀 해도 되는 건데."

어릴 적부터 친구들에게 광대를 자처하는 친구였다. 우스꽝스러운 말투와 행동으로 친구들을 웃게 하고 분위기를 주도하길 좋아하는 아이, 그런데 어른이 되고 사회에 나와서도 누군가가 부르면 달려나가 광대를 자처했다. 혼자 있고 싶은 날, 우울한 날, 쉬고 싶은 날에도…. 거절을 못 하는 착한 아이 콤플렉스에 시달렸고, 부탁을 들어주느라 피곤하고 지치는 날이 많았다. 15살 때, 아빠에게 버려졌다는 기억 때문에 성인이 되어서도 누군가에게 부정당하고 외면당하는 걸 두려워하게 되었고, 그 때문에 무리한 부탁도 거절하지 못하고 뭐든 들어주기만 하는 바보가 된 것 같다. 기억들을 되짚어보며

나를 이해해보기로 했다. '거절당하고, 외면당해도 괜찮다.'
극복해보기로 했다.

"남에게는 괜찮냐는 안부 인사를 수도 없이 했지만, 정작
나 자신에겐 한 번도 한 적이 없거든요. 여러분도 다른 사람
이 아닌 자신에게 너 정말 괜찮냐 안부를 물어주고 따뜻한 인
사를 하셨으면 좋겠습니다."

미술 심리상담을 마치고 미술 심리 상담사 자격증을 취득
했다. 그 후, 우연찮은 기회에 지인에게 통영의 오래된 한옥을
관리할 사람이 필요하다는 이야길 듣게 되었고 하던 일을 모
두 멈추고 통영으로 가기로 했다. 통영에서 1년 하고도 6개월
을 머무르며 한옥 게스트하우스 '잊음'을 운영했다. 심리상담
시간에 그렸던 그림이 현실이 되었다. 통영에서의 시간은 불
안한 나날들이 많았지만 편안하고 행복했다. 현재는 다시 서
울로 돌아와서 복잡한 생활을 하고 있다. 물론 예전처럼 이별
도 하고, 상처도 받고, 열심히 준비하던 일이 엎어져 좌절도
한다. 돈이 없어 전전긍긍하는 것도 여전하다. 하지만 지금은
불안함보다 평온함과 행복을 더 많이 느낀다. 그 이유는, 다

른 사람의 생각이나 마음보다 늘 내 마음의 소리에 귀를 기울이고 있기 때문. 타인들의 시선 때문에 떠밀리듯 살아가는 게 아니라 내가 원하는 방향으로 천천히 걸어가고 있기 때문이다. 늦어져도 괜찮다. 뒤처져도 괜찮다고 생각하면서 자신에게 시간을 주고, 기다려 주고, 마음이 멈춰! 라며 적신호를 보낼 때면 그때 멈춘다. 살아가는 데 있어 모든 중심을 나의 마음으로 맞췄다. 절대로 다시 무너지지 않겠다는 다짐보다는, '무너져도 괜찮다, 또 일어나면 되니까.' 하며 자신을 다독이는 법을 배우고 있다.

무엇보다 내 마음이 가장 소중하다.

어쩌면 내 두려움을 들키고 싶지 않아
광대 짓을 자처했는지도 모른다.
사람들이 나를 보고 웃어야지만 마음이 편했으니까.
근엄한 얼굴을 하고 있거나,
다른 사람과 수군거리는 모습만 보아도
심장이 쿵쾅거리곤 했으니까.
나는 혼자가 되어버릴까 무서웠으니까.

자책하는 나에게

나의 아저씨, tvn 2018

'나의 아저씨'의 지안은 일찍 세상을 떠난 아빠와 소식조차 알 수 없는 엄마에게 평생 갚아도 부족할 빚을 떠안았다. 빚쟁이들은 아픈 할머니를 날마다 때리고 작은 지안을 매 순간 짓밟았다. 그녀는 살아낼수록 차가운 현실과 나의 불행을 이용하려는 인간들에게 마음을 베이며 자란다. 지안의 지난날에 대한 이야기를 들은 사람들은 곁을 하나 둘 떠났고, 그녀는 혼자다. 이젠 인간에 대한 기대도, 삶에 대한 희망도 없다.

"네가 대수롭지 않게 받아들이면,

남들도 대수롭지 않게 생각해.

니가 심각하게 받아들이면, 남들도 심각하게 생각하고.

모든 일이 그래, 항상 네가 먼저야."

인생은 이래도 후회 저래도 후회라지만, 이렇게 생각하고 저렇게 생각해도 후회되는 일은 어떻게 지워버려야 하나. 나는 인생을 살면서 굳이 겪지 않아도 되는 일 몇 가지를 겪었다. 충분히 피해갈 수 있는 일이었음에도 불구하고 피하지 않았고, 뜨거운 줄 알면서도 발을 담그곤 그제서야 빨개진 발을 식히며 후회한다. 타인에게 관대하고 자신에게 엄격하자 했던 난 자책을 많이 하고, 자신을 책망하느라 속을 끓인다. 그것도 아주 긴 시간 동안. 남에게는 '괜찮다, 사람이 그럴 수도 있지.'라고 위로하면서, 자신을 나무라고 벌을 내리는 숱한 밤들이었다. 인생 전체로 보았을 때 최대한 열심히 살려고 했지만, 가끔 나는 내가 이해가 되지 않을 때가 많다. 시간이 지나 뒤돌아봤을 때 그때의 난 어떤 생각이었을까, 무슨 생각이었을까, 기억을 해보려 애써도 기억이 잘 나질 않는다. 기억이란 늘 제멋대로라 시간이란 필터를 거치고 나면 그때의 나는 생각이란 없이 움직이는 공기인형 같다. 변명도 할 수 없게 기억이 기억을 죽여버려 후회만이 허락된 벌을 받는다. 실수로 넘어지기만 해도 벌을 받는 것으로 생각했고, 사랑하는 이들이 곁을 떠나갈 때도 이 모든 게 벌을 받는 거라 의미를 부여한다. 어쩌면 난, 영원히 지워지지 않는 흉터를 지워내도록 자신에게 벌을 내리고 있는지도 모르겠다.

나는 내가 세상에서 내가 제일 불쌍하고, 세상에서 내가 제일 귀하다. 나는 내가 세상에서 제일 싫지만, 또 나는 세상에서 내가 제일 좋다. 진심으로 나는 나를 사랑하고 싶다.

"나는 세상에서 내가 제일 싫고
세상에서 내가 제일 좋아."

1년을 연애한 남자와 헤어지고 그의 지인들과 가끔 연락을 주고받고, 계절이 바뀔 때쯤 만나 술을 마시고 차를 마신다. 자연스레 멀어지고 연락이 끊어지는 게 자연스럽다 여겼지만, 어른스러운 그 사람들을 참 좋아했다. 막내인 나를 항상 배려해줬다. X와 이별하고 인생이 우울했던 시기에 그들에게 나는 뭐가 그렇게 많이 미안했다.

"애처럼 굴어서 죄송해요⋯. 좋은 모습만 보여주고 싶었는데, 마음처럼 잘 안됐어요."

"도연아, 마음껏 더 어리광부려도 괜찮아. 넌 아직 어려. 그러니까 언니 오빠들 앞에서 어른인 척 관둬도 돼, 더 울어도 돼."

그 말을 듣고 어른인 척하던 마음이 무너진다. 가을밤, 현관 앞에서 언니를 끌어안고 소리 내 울어버렸다.

어떤 관계는 한없이 받기만 한다. 마치 갓 돌 지난 아기처럼 보살핌을 받는다. 나는 그런 나의 언니, 오빠들을 '어른'이라고 부르고 싶다. 항상 자신들의 것들을 내어주는 어른들에게 고마움, 염치없음 같은 감정들이 뒤섞이곤 한다. 어떻게 하면 보답을 할 수 있을까도 고민해보지만, 내가 받은 것에 비해 모두가 하찮기에 아무것도 줄 게 없는 내가 가끔 한탄스럽기도 하다.

지난 연애의 기억을 모두 들춰내면서 떠나간 인연들이 가끔 꿈에 나온다. 그리고 나는 또 후회하고 자책한다. 상처받았다고 생각했던 날들에 대해서, 어린애처럼 울고 보채기만 했던 지난 시간에 대해서, 그리고 경솔하게 누군가의 손을 덥석 잡아버리는 나의 나약함에 대해서…. 그리고 여전히 나를 아껴주고 응원해주는 나의 어른들에게 감사하고 미안한 마음에 대해서. 어떻게 표현해야 나의 마음을 다할 수 있을진 모르겠지만, 그냥 쭉 좋은 사람들 곁에서 머무르고 싶다.

내가 살아가는 길 위에서 이따금 어깨를 두드려주는 어른이 있다는 건 정말이지 위안이 된다. 무거운 이 삶을, 자꾸 잃어버리는 마음의 시련을 어떻게 지나 보내는지를 가르쳐주는 이들이 곁에 있다는 건 축복이다. 생각만 해도 마음이 든든하니까. 다 이겨낼 수 있을 것만 같다.

지안에게 아저씨가 그랬다. 할머니의 요양 병원을 알아봐주고, 늘 어두운 지안을 회식 자리에 데려가 주고, 직원들에게 지안에게 따뜻하게 대해주라 하는 부장님. 따뜻한 어른, 참 괜찮은 사람. 옛날 일, 아무것도 아니라는 박동훈. 살다 보면 더 힘든 일 많다고, 그래도 이렇게 버티고 사는 거라고 보여주는 아저씨.

"옛날 일, 아무것도 아냐,
니가 아무것도 아니라고 생각하면 아무것도 아냐."

누가 묻는다.

"이런 사적인 이야기, 부끄럽지 않아?"

부끄럽다. 바로 그 '부끄러움' 때문이다. 부끄럽기 때문에 감추기보다, 부끄럽지 않기 위해 감추지 않아야 한다는 생각이 들었다. 물론 여전히 나를 오롯이 드러내는 것이 부끄럽고 덮어둔 죄책감들이 크지만, 조금씩 치유하면서 나를 만들어나가면 되는 것이다.

내가 10년쯤 나이 들어, 지금의 나를 본다면 이런 이야길 해주고 싶다. 모든 것을 네가 다 책임질 필욘 없어. 가끔은 남탓도 하고 상황이 어쩔 수 없었다고 하곤 숨어버려도 괜찮다고. 옛날 일, 아무것도 아니니까 자책은 그만하고 앞으로 후회 없는 선택을 하고 부끄럽지 않은 날들을 만들어나가면 되지 않겠냐고. 죄책감은 인제 그만 덜고 훨훨 날아가보라고, 그래도 세상엔 좋은 사람 많다고.

행복하자!

미움받을 용기,
손가락질 받을 용기,
그리고 평범해질 용기.
우리는 조금만 더 용기를 내면
반드시 행복해질 수 있다.

3장

한치앞도 알 수 없는 인생이란 드라마

내 꿈은 외계인

나 곧 죽어, KBS 드라마 스페셜 2014

드라마 스페셜을 즐겨본다. 보통 드라마처럼 서너 날을 밤
새 보지 않아도 되고, 가끔 드라마가 당기는 날은 한 번의 호
흡으로 결말까지 볼 수 있는 단편 드라마가 딱이다. '나 곧 죽
어'는 좋아하는 배우 오정세(우진)와 김슬기(사랑)가 나와 믿
고 봤다.

우진은 속이 불편해 병원에 간다. 췌장암이라는 병명으로
시한부 선고를 받게 되고, 얼마 남지 않은 삶을 정리하기로
한다. 다니던 회사에 사표를 던지고, 집을 처분했다. 호텔 스
위트룸에서 지내며 이생을 정리하다 조용히 죽어갈 계획이
었다.

나에게 주어진 시간이 3개월밖에 없다면, 나는 어떤 것을 버리고 어떤 것들을 남겨두어야 할까. 남은 시간이 충분하지 않다고 해도 나는 사랑을 하고 싶다. 그리고 여행을 떠나고 싶다. 사랑하는 익숙한 사람과 낯선 여행지가 좋을 것 같다. 혹은 익숙한 곳으로 여행을 떠나 낯선 이를 사랑하는 것도 인생의 마지막으론 나쁘진 않겠다. 어쨌든 나는 후회를 많이 남기지 않는 쪽을 선택하고 싶다. 나는 술이 적당히 들어가면 "내일 죽어버려도 여한이 없어!"라고 버릇처럼 말한다. "그놈의 죽는다는 소리, 그만 좀 하면 안 되냐." 측근들은 질색한다. 빨리 죽어버리겠다는 의미는 아니었다. 지금, 이 순간이 너무 행복하다는 말이다. 나는 매 순간 후회 없이 살고 싶다.

"사실은 사람들이 돈이 없는 게 아니야,
평생을 생각하니까 돈이 부족한 거지."

우진은 그동안 직장 생활하며 벌어놓은 전 재산을 3개월 안에 다 써버릴 생각이었다. 좋은 차를 사고 호텔 스위트 룸을 결제했다. 비싼 레스토랑에서 비싼 음식을 먹고, 좋은 와인도 마셨다. 나머지는 돈이 급한 친구에게 다 줘버렸다. 어차피 죽고 나면 돈은 종이에 불과하니까.

언젠가 재무 설계사에게 나의 재무상태에 대해서 상담을
받은 적이 있다. 소비 패턴을 분석하고 새는 돈을 막아 멋진
노후를 만들어 준다는 인생 설계였다. "월급이 얼마인가요?
매일 쓰는 돈은 얼마죠?" 설계사는 이런 유형의 질문을 했고,
나는 내 처지를 성실히 브리핑했다.

"도연 씨, 이대로라면 노후가 힘들지도 몰라요. 지금부터
라도 소비를 줄이세요. 하고 싶은 걸 조금씩만 참고, 노후를
준비하세요."

나는 상담을 받고서도 열렬히 버는 족족 돈을 써댔다. 그
동안 친구들은 수천만 원을 모아 시집을 갔고 차를 샀다. 온
갖 경험에 돈과 마음을 쓰던 나는, 삼십 대 중반이 되었지만
차도 없고, 집도 없다. 시집갈 돈도 없고 남자도 없고. 나는 말
한다. 나는 경험 부자라고.

그렇다고 해서 앞으로도 여전히 금전적으로 가난할 계획
이란 건 아니다. 부자가 될 계획은 있다. 계획만 있다. 지금은
현실과 많이 타협했고, 좋은 요양원은 아니더라도 경로원에
서 고스톱 판돈 정도는 있어야 한다는 생각으로 조금씩 모으

고 작은 적금도 들었다. 불필요한 소비는 최대한 줄이고 순간의 욕심으로 인한 충동구매는 자제하면서 산다. 여전히 경험과 즐거움에는 돈을 아끼지 않으려고 한다. 10년 후, 20년 후, 후회하지 않으려고 지금 할 수 있는 것들은 놓치지 않고 꼭 해보려고 한다. 가령, 뜨거운 연애라던가 배낭여행 같은 것들.

"평생 걱정만 하는 지구인이 될 바에야,
차라리 현재를 즐기는 외계인이 되겠어요."

우린 왜 평생, 미래를 향한 걱정 속에서 살아야 할까. 미래를 걱정하며 오늘을 전전긍긍 살 것인지, 오늘의 행복을 느끼며 순간을 사랑하는 사람이 될 건지는 본인의 선택이다. 자신을 믿고, 하고 싶은 것들 하면서 행복하게 살자. 걱정하다가 나이만 먹기 전에. 죽기 전에 후회하지 말고.

자, 이제 당신은 지구인과 외계인, 어느 쪽을 선택할 건가?

그리고 죽음의 문턱에서 돌아온 나는,
알게 되었다.
인생이 내게 허락한 것들.
이 정도면 뭐, 나쁘지가 않다.

드라마 〈나 곧 죽어〉 中

동거인의 꿈

달콤한 나의 도시, SBS 2008

남유는 국내 굴지의 대기업을 다니는 엘리트다. 남유와 은수는 함께 뮤지컬을 보다가 남유가 울었다.

"그렇게 눈물이 났어?"

"멋있잖아. 사람 미치게."

남유는 뮤지컬 배우를 하겠다며 회사에 사표를 내고, 오디션을 준비한다. 대기업 대리에서 졸지에 연습생으로 신분이 하락했다. 서른한 살, 꿈을 꾸기에, 무언가를 시작하기엔 늦은 나이라고 사람들은 말했다. 경력이 변변찮은 삼십 대 배우를 호의적인 시선으로 보는 극단은 거의 없었다. 자기계발서에서도, TV에서도, 20대에게 꿈을 찾고 도전하라고 말한다.

우리는 나이들은 중년도 아니고, 그렇다고 젊은 20대 청춘도 아니고, 희망적이지도, 그렇다고 여유롭지도 못한 애매한 나이 30대. 나에게도 꿈이 있는데, 이루고 싶은 목표가 있는데 왜 다들 그냥 평범하게만 살라고 하는 걸까. 왜 우리에겐 도전하라고 등 떠밀지 않을까.

"우리는 결코 많은 나이가 아니지만, 어린 나이인 것도 아니다. 어정쩡하고 어중간하다. 누구에게나 현재 자신이 통과하고 있는 시간이 가장 벅찬 법이다."

내가 사는 망원동 집에 동거인이 있다. 동거인 문 배우는 같은 고등학교, 같은 대학을 다닌 고향 친구다. 그녀는 패션 디자인을 전공하고 뮤지컬 의상팀으로 일을 하다 뮤지컬 배우가 되고 싶어졌다. 한 학기만 다니면 졸업하는 학교를 자퇴하고, 연극 영화과에 재입학했다. 그때가 스물여섯이었다. 대학로 극단에 들어가 연극을 했고, 작은 창작 뮤지컬 몇 편을 했다. 그러길 벌써 8년, 나의 동거인이자, 나의 연예인인 그녀는 아직 대형 뮤지컬 판에 발을 들이지 못했고, 일 년에 두어 번 작품을 하며 근근이 먹고 살고 있다. 서른넷의 나이에 배우를 한다며 꿈만 좇았는데, 제대로 된 명성도, 인기도 얻지 못한 문배우는 그래도 자신은 행복하다고 말한다. 무대에 설 수 있는 것만으로도 감사하다고 했다. 뭐가 그렇게 행복할까?

"남유 마음은 늘 하나같아,
뭔가를 좋아할 때도, 미워할 때도, 원할 때도, 버릴 때도,
비겁하지 않거든. 늘 하나야… 뜨거워."

8년 전이다. 우린 자정이 훌쩍 넘어 상수동 어느 작은 술집에서 만났다. 나는 야근을, 그녀는 공연 연습을 마친 지친 새벽이었다. 우리 둘은 자주 새벽에 만나 소주를 마셨다. 대부분 친구에게 우린 현실감 없이 꿈을 좇는 사람으로 비쳤기에 어떤 동질감을 느꼈던 것 같다. 소주 한 잔을 털어 넣으면서 "우리 꼭 성공하자. 다 죽었어!" 하면서 꿈에 대한 의지를 불태우곤 했다.

친구들이 좋은 회사에 취직할 때, 나는 연봉이 낮은 회사로 이직했고, 문 배우는 뮤지컬을 하기 위해 동네 술집에서 서빙 아르바이트를 하며 생계를 유지했다. 내가 하는 일을 친구들이 비웃는 것 같았다. 나의 선택들을 손가락질한다고 생각해

뒤통수가 싸했다. 지금 생각해보면 자격지심이었지만, 당시에는 내 꿈을 모두가 하찮게 여기는 것 같았다.

> "나 축복해달라는 거 아니야. 그냥…
> 누군가 한 사람은 내 편이어야지.
> 너는 내 편이어야지."

8년이 지난 지금, 우리 둘은 잘 나가는 배우가 되지도 못했고, 잘 나가는 디자이너가 되지도 못했다. 문 배우는 여전히 서빙 아르바이트로 생계를 유지하며 일 년에 한두 번 오르는 공연에 기뻐하고, 무대에 설 수 있는 순간을 소중하게 생각하며 산다. 나도 우주 최강 디자이너를 포기했고, 회사를 관뒀다. 프리랜서가 되었고, 일이 없으면 침대에 누워있는 게 하루의 일과가 되었다. 그렇게 우리의 20대가 지나갔다.

문 배우가 하루는 술을 마시고 집에 들어와 그런 말을 한다. 일 년 동안 작은 배역의 오디션마저도 수없이 떨어진 후였다.

"나 관둘까 봐…"

그 말을 듣는데 철렁한다. 곁에 있으면서도 불안해 보였다. 10년 정도 열심히 하면 부자는 못 돼도 월세 걱정은 없이 살 줄 알았는데, 우린 여전히 월세를 걱정하고, 오만 원이 조금 넘는 옷을 살 때도 망설인다. 초라한 30대가 되어버린 걸까, 자괴감에 뒤척이던 밤들도 있었다. 디자인을 때려치우겠다며 하드를 포맷하고, 훌쩍 떠나버린 그 날의 나 같은 기분이겠지. 문 배우에게 같은 편이 되어주고 싶었다. 가족도, 친구도, '너 이제 그만했으면 됐어, 내려와.'라고 회유할 때 붙잡아주고 싶었다. 그녀의 용기에 힘을 실어주고 싶었다.

"우리 딱 한 번만 더 오디션 보자. 그리고 안되면, 관둬버리자. 바닷가 앞에서 기타나 치고 베짱이처럼 살아버리자. 딱 한 번만 더 해보고. 응?"

"사람이 살면 얼마나 산다고.
난 나중에 어떻게 될까 봐
지금을 포기하는 짓은 안 할래요."

친구는 오디션에 합격했다. 간절히 원하던 공연에 감초 역할로 캐스팅되어 대학로에서 입지를 굳혀나가고 있다. 문 배우와 합격 축하주를 하며 우리의 꿈에 관해 이야기한다. 누구는 회사원이 되고 평범한 가정을 꾸려 예쁜 아이를 낳아 기르는 삶, 누구는 돈을 많이 벌어 떵떵거리며 사는 삶, 그게 꿈이 될 수 있겠다. 그럼 우리의 꿈은 뭘까? 누군가가 물어본다면 우리는 이렇게 답할 거라 말한다.

"날마다 행복하게 살아가는 것."

문 배우는 잘 나가는 유명 배우가 되진 못했지만, 공연을 할 수 있는 이 순간순간이 모두 행복하고 감사하다고, 꿈을 포기한 게 아니라 눈에 보이는 성취를 버린 것이라고 했다. 우리는 이제 성취를 좇지 않고, 꿈이 있는 하루를 감사하게 생각하며 살아간다. 그게 나와 그녀의 최종 꿈이다. 비록 이 개똥철학이 우리의 자기 합리화라 할지라도. 우린 오늘이 행복하다면, 그걸로 충분하다.

이 정도면 멋있는 삶이잖아, 사람 미치게.

눈을 뜨자 어제와 다른 내일이 펼쳐졌다.
라고 말하고 싶다.
하지만 그럴 리 없지 않은가,
그 전날과 완전히 다른 내일이란
어디에도 없다는 체념을 받아들이면서
사람은 나이를 먹어간다.

드라마 〈달콤한 나의 도시〉

"넌 그래서 최종 꿈이 뭐야?"라는 질문을 받을 때면
'나는 유명한 배우가 될 거야!' 같은,
대단한 포부가 없음에 사람들은 실망한다.
우리의 꿈은 결국, 지금처럼 충만한 마음을 가지는 것이다.
사랑받고 사랑 주며 사랑하며 사는 것이다.

왜 혼자왔어요

—

더 패키지, JTBC 2017

내가 대학생 때는 방학이면 유럽으로 배낭여행을 가는 친구들이 제일 부러웠다. 국경을 기차로, 혹은 버스로 넘어가며 낭만적인 곳들을 돌고 오는 친구들. 넓은 세상을 만나고 오는 게 부러웠다. 나는 대학에 합격한 순간부터 졸업하는 순간까지 주말에는 주말 알바를, 방학이면 방학 기간을 꽉 채워 알바를 했다. 학교에서 마련해주는 계기로 해외를 몇 번 다녀왔지만 내 의지로 떠나는 여행을 해보지는 못했다. 30대가 되어서 여유라는 게 생겼고, 스스로 선택하고 결정하는 여행을 시작했다. 요즘 나는 자신을 '초보 여행가'라고 칭한다.

'사색이 깃든 프리미엄 패키지'란 여행 패키지를 신청한 7명의 사람이 가이드와 함께 열흘간 파리를 여행하며 일어나는 이야기들을 보여주는 드라마 '더 패키지'는 여행이라는 코드를 드라마로 이야기한다. 여행의 감성이 고플 땐 여행 에세이를, 새로운 풍경에 갈증이 나면 영화나 드라마로 충족하곤 했는데, '더 패키지'는 배우들의 연기나 스토리보다는 파리의 아름다움이 영상으로 잘 담겨있어 "언젠가 한 번은 가보고 싶은 도시 Paris!"라고 메모해뒀다.

"왜 혼자 왔어요?"

2년 전, 배낭을 메고 하와이에 갔다. 혼자서 떠난 해외여행은 처음이었다. 편안한 호텔에서의 고급스러운 여행보다 고생스럽지만, 모든 걸 스스로 해결하는 저렴한 배낭여행을 선호한다. 하와이 호놀룰루 섬을 캠핑 일주 하기로 마음먹은 것도 그런 이유에서였다. 같은 해 북유럽 3개국을 캠핑으로 일주했던 경험이 있어 혼자서도 충분할 거라 자신했다. 처음부터 하와이에 가려던 건 아니었는데, 어딘가로 떠나고 싶었고, 혼자 캠핑으로 여행하기에 적합한 나라를 찾다 대중교통이 잘 되어있는 하와이 호놀룰루 섬이 적격 판정을 받았다. 그렇게 일주일 전에 티켓팅을 하고, 비자를 발급받고, 캠핑 허가

서까지 준비했다. 가족도, 친구들도 물었다.

"그런데 왜 혼자 가려고 해?"

회사에도 여름방학, 겨울방학이 있으면 얼마나 좋을까? 친구들과 함께 떠나려면 휴가를 맞춰야 하고, 그들의 꿀 같은 휴가 동안 기억에 남는 여행을 만들어야 하니까 친구들의 취향에 맞춰 여행을 결정해야 한다. 나는 시간이 많고, 당장 떠나고 싶고, 호텔이 싫고, 누군가의 비위를 맞추며 여행하고 싶지 않았다. 이번만큼은 혼자 떠나고 싶었다. 오래된 로망이었다. 대학생처럼 배낭을 메고 혼자 해외여행을 떠나는 것.

"내 마음에 드는 내가 되고 싶다. 더 이상 격렬한 무언가도 없지만, 더 이상 가슴 뛰는 아무것도 없지만, 그 무엇에도 어떤 누구에게도 흔들리지 않고, 내 마음에 드는 나를 찾아야 한다. 아무리 어려워도 답을 찾는 프랑스 영화처럼."

혼자 떠나는 여행에 다들 걱정이 많다. 위험하면 어떻게 하냐, 몸조심하고 항상 연락하라고. 내 마음 하나 편해지자고 떠난 여행에 여러 마음을 불편하게 하며 떠나왔다. 독방에 갇혀

입국 심사를 2시간 동안 받았다. 살면서 가장 많은 시간 영어로 대화했다. 인간은 궁지에 몰렸을 때 자신의 한계를 뛰어넘는다고 했나, 아무래도 그날, 나는 나의 한계를 뛰어넘는 스피킹을 했고, 리스닝을 했다. 이후로 한계는 한 번도 넘은 적이 없지만. 타인의 시선에서 자유로울 수 있을 거로 생각했던 하와이에서조차 혼자 배낭을 메고 나타난 나를 더러 미쳤다고 생각하는 상황에 주눅이 든다. 휴….

파리로 패키지여행을 떠난 7명의 사람은 각기 다른 사연을 가지고 있다. 오래된 커플, 아픈 아내를 둔 중년의 부부, 아빠와 딸, 그리고 혼자 떠나온 남자까지. 아빠와 딸은 마치 불륜의 관계처럼. 혼자 떠나온 남자를 마치 변태처럼…. 드라마 초반, 이들이 어떤 관계인지 쉽게 드러나지 않고 나 역시도 그들을 오해했다. 인생은 자세히 들여다보지 않으면 사연을 알 수 없다. 오해하기 마련이다. 내가 배낭을 멘 것도, 나만의 사연이 있었다. 입국심사장에서 무섭게 생긴 공항직원이 도대체 왜 이런 힘든 여행을 하느냐 물었고 나는 말했다.

"이건, 내 인생에 도전이에요."

"짐을 싸다 보면 내가 누군지 알게 된다. 필요한 옷가지 몇 가지 싸는 게 다가 아니고 내가 제일 좋아하는 게 뭐고 또 제일 무서워하는 게 뭔지. 내가 포기해야 하는 게 뭔지도 알고, 또 절대 포기해서는 안 되는 게 뭔지도 알게 된다. 니는 어떻노? 새 가방 사가 새로 짐을 한번 꾸려 봐봐. 그라면 내가 누군지 알게 되고, 또 어디로 여행을 가고 싶은지 알게 될기라."

나는 내가 궁금했다. 혼자 낯선 곳에 떨어지면 어떤 목소리로 사람들에게 말을 걸지, 아니, 말을 걸 수나 있을지. 시간을 알차게 잘 보낼지, 아니면 아무것도 못 하고 시간만 흘려보낼지, 어떤 것을 좋아하고 어떤 풍경에 감동하는지…. 직장생활도, 친구 관계도, 연애에서도 늘 다른 사람의 취향을 맞추며 살았다. 네가 먹고 싶은 것, 네가 가고 싶은 곳, 너희들이 좋아하는 메뉴, 너희들이 괜찮은 방식으로 여행했다. 이번만큼은 오롯이 내가 하고 싶은 것. 내가 먹고 싶은 것. 내가 가고 싶은 곳을 스스로 선택하며 곳곳에 발을 디디고 싶었다. 서른둘이 되어서야 나를 발견하겠다는 생각으로 배낭을 멘 것이다. 그게 나의 사연이었다.

"여행은 자기가 행복해지기 위해 떠나는 거래요.
내가 행복해진 만큼 세상이 행복해진다는 거
잊지 마셨으면 해요."

조용한 해변에 텐트를 펼치고 누워있다 잠이 들었다. 꿈을 꿨다. 사랑하는 사람들이 전부 나를 둘러싸고 곁에 있었다. 같이 캠프파이어를 하고, 맛있는 음식을 나눠 먹고 이야기하며 웃고 있다. 꿈을 꾸는 순간에도 행복했다. 혼자이길 원했고, 혼자가 좋아서 여기까지 왔는데, 그리운 건 두고 온 사람들이라니!

잠에서 깨어나 텐트 문을 열고 나가니 온통 어둠이 내려앉았다. 고요한 호놀룰루 섬의 하늘엔 별들이 촘촘히 자기 자리를 빛내고 있었다. 혼자 떠난 여행에서 내 마음대로 되는 일이 없다. 계획은 항상 빗나갔고, 혼자 힘으로 해결할 수 있는 일들도 별로 없었다. 그런데도 불구하고 시간은 흘러갔고, 그것마저 익숙해질 즈음 여행은 끝이 났다. 그립고 그리워 그리움에 사무치는 그 날 밤을 떠올려 본다. 수많은 별 아래 파도 소리 들으며 잠이 들던 그 밤들을.

파리로 떠났던 이들은 각자만의 행복의 방식을 찾아 돌아
갔고, 이후로 그들이 계속 행복했을는지는 알 수 없다. 여행
하는 동안 행복했다고 해서, 앞으로 영원히 행복하리란 보장
이 없고, 여행을 통해서 행복의 비밀 같은 걸 발견한 것도 아
니었다. 나를 발견하는 것, 그래서 내가 원하는 것을 알아가
는 것. 그래서 조금 더 행복에 다가갈 수 있는 희망을 발견한
것만으로도 충분했다.

여행에서 무엇인가 발견하고자 할 때, 혹은 새로움을 찾고
자 할 때 아무것도, 아무런 메시지 조차 얻을 수 없을지도 모
르지만, 여행은 그렇다. 떠나봐야 아는 것. 일단 신발을 신고
현관문을 나서야 하는 것. 확신 없이 출발했다, 확신을 가지
고 돌아오게 되는 것이 아닐까?

닥치지도 않은 나쁜 일에 마음을 쓰고 걱정하며

이 행복한 순간들을 지나치지 말자.

우리는 행복하기에도 정말, 시간이 많이 부족하다.

자유로운 삶에는 모험이 필요하다

———

　나는 종종 모든 책임감을 내려놓고 떠나는 상상을 하곤 한
다. 준비되지 않은 상태로 뜻밖의 상황과 마주하는 것을 상상
한다. "내가 원래는 말이야…. 여행을 좋아하지 않았어." 하고
시작되는 이야기를 꼰대처럼 자주 하곤 했었는데, 나의 어릴
적으로 거슬러 올라가 보면 원래부터 모험심이 강했었다. 걸
어서 등하교가 가능한 학교에 다니는 것이 일반적이었던 90
년대 대구엔 보호자 없이 버스나 전철을 타본 적이 없는 친구
들이 많았다. 1997년 내가 5학년 때, 지하철이라는 게 생겼
다. 당시 지하철을 타고 학교에 다닌다는 건 상상도 못할 일
이었는데, 새로 지은 아파트에 입주하게 되면서 학교에서 조
금 떨어진 동네로 이사를 했다. 우리 가족에게도 집이 생겼
고, 처음으로 내 방이, 내 책상이 생겼다. 태어나 처음으로 갖

는 온전한 내 소유의 방 한 칸이 얼마나 좋았는지 지하철을 타고 학교에 갈 용기는 당연지사 샘솟았다. 겁이 났지만, 조금만 참으면 금세 지하철은 나를 목적지로 데려다주곤 했다. 매일 모험을 하는 것 같았다.

중학생이 되어서는 아이돌의 소녀팬이 되었다. 무슨 배짱이었는지 '우리 오빠들'을 보기 위해 4시간을 넘게 열차를 타고 서울로 갔다. 처음으로 보호자 없이 올라간 서울에서 택시와 지하철을 갈아타고, 양재동에 있는 '우리 오빠들'의 숙소에서 신문지를 덮고 밤을 지새웠다. 지하철을 타는데 왜 이렇게 몇 번을 내렸다 올랐다를 반복해야 하는 건지, 신기했다. 15살 중학생이 경험한 첫 여행의 경험이다. 중2라서 가능했던 일이었을지도 모른다. 중2는 두려울 게 없는 병에 걸리는 나이니까.

삼십 대가 되면서 지난 20대를 떠올렸을 때 가장 후회스러운 일을 하나 꼽으라 하면 여행을 다니지 않은 것이라 한다. 시간상 여유가 많았음에도 용기와 패기가 없던 나의 20대가 아쉬웠지만, 한편으로 스치는 모든 순간에 감동하며 감사할 줄 아는 30대가 되어 떠날 수 있어 다행이란 생각도 든다. 20대엔 여행을 떠나는 것 자체 만으로만 설레었다면, 삼십 대의 중반이 된 지금은 떠나야지 알 수 있는 경험들에 설렌다는 것. 그래서 예전보다는 조금 더 여행에 대해, 내 삶에 대해 깊이 생각하게 되었다.

서른 하나, 그렇게나 하고 싶었던 긴 여행을 떠나왔다. 출발 행 티켓은 있지만, 도착 행 티켓은 없는 여행. 언제든 떠날 수 있게 몇 개의 상자에 내 삼십 년을 정리해 넣으면서, 몇 개의 상자 속에 담아지지 못하는 버려질 흔적들을 생각한다. 내가 살아오며 소유했다고 생각한 것들이 고작 상자 3개뿐 이라는 사실이 서글프다. 울적한 마음에 친구에게 전화를 걸었다.

"짐 싸는데 왜 이렇게 서글프냐….."

"드디어 네가 그토록 원하는 삶을 살게 되는구나. 가진 것도 버릴 것도 없는 자유로운 삶 말이야. 축하한다 친구야.!"

언제나 자유로워지고 싶어 했다. 아까운 게 없는 단순한 삶. 그저 존재 하나만이 가장 소중한 삶. 그것이 내가 바라던 자유로움이었다. 그녀는 나를 위로하고 축하하며, 가는 길에 용기를 덤으로 준다.

　책임져야 할 것들과 처리해야 할 일들에 얽매이지 않고, 짓눌리지 않고, 떠날 수 있는 자유로운 삶을 꿈꿔본다. 새로운 길 위에서 다시금 소중한 무언가를 찾아내길 바란다.

　오늘 나는, 서울을 떠난다.

2014년 통영으로 가는 길

아무 상관없는 사람의 위로

———

또오해영 tvN 2016

가끔은 아무 상관없는 사람들의 위로가 필요한 날이 있다. 블로그를 시작한 지 7년. 혼자 살기 시작하면서 일상을 기록하기 시작했다. 부동산을 다니며 집을 구하는 것부터 원룸의 꽃무늬 벽지를 페인트로 덮는 것까지 꼼꼼히 기록했다.

1인 가구가 사회적 이슈가 되던 시기, 혼밥, 혼술 같은 단어가 인기를 끌면서 '도도의 로맨틱 싱글라이프'라는 이름으로 블로그를 본격적으로 시작했다. 혼자살이에 대한 일상을 올리기 시작하면서부터 아무 상관없는 사람들이 달아주는 댓글들로 외로움을 달랬다. 블로그는 나에겐 열 평짜리 원룸에서 한 뼘쯤은 위로였다.

'또 오해영' 속 '그냥' 오해영은 결혼식 전날 차였다. 상대에게도 사정이 있었지만, 헤어짐에 사정 따위 무슨 소용이람, 어쨌든 그녀는 차였다. 그것도 결혼식 전날. 창피함에 부모에게도, 친구에게도 말하지 못하고 혼자 견디다 박도경을 만난다. 우연인지 인연인지 자꾸 부딪히게 되는 박도경에게 오해영은 말한다. 아무 상관없는 사이, 해줄 수 있겠냐고. 그녀는 자신의 불행을 들키고 싶어 하지 않으면서도 누구에게든 터놓고 싶었다. 나의 걱정과 불행이 그 사람에게 짐이 되지 않을 관계이면 더 좋겠다 여겼을 것이다.

"여자는요, 아무리 취해두요, 절대로 해선 안 되는 말은요, 죽었다 깨어나도 안 해요. 술이 떡이 돼도 안 해요. 아무 상관 없는, 두 번 다시 볼 일 없는 사람이라면 모를까, 우리 아무 상관없는 사이 될래요?"

살다 보면 창피한 일이 너무 많다. 서른넷에 남자한테 차이는 일도, 그리고 차인 남자에게 매달리는 일도, 퇴직금도 못 받고 회사에서 잘리는 일도, 소개팅 후에 남자의 연락이 없는 일도…. 쪽팔리는 일 투성이다. 엄마에게 말하자니 속상해할 것 같고 친구에게 터놓자니 창피하고, 나의 못난 모습은 감추고 싶은 그런 욕심. 돌아서면 '괜히, 말했다….'하고 후회로 이 불을 발로 차는 일이 다반사였다. 어쩌면 우리가 친구라고 부르는 이들은 완벽한 내 편도 아니면서 그렇다고 온전히 남도 아닌, 이도 저도 아닌 사이가 대부분인지도 모르겠다. 대나무 숲이라도 있으면 속 시원히 말할 텐데, 이 빌어먹을 도시엔 빌딩 숲뿐, 대나무 숲 같은 건 있을 리 만무하다. 남자에게 까이거나, 회사에서 까이거나…, 주로 까이고 나면 일기를 썼다. 전체 공개로 설정된 비밀 일기장. 공감해주는 사람들이 있었다. 나를 위로하는 이름 모를, 아무 상관없는 사람들.

"누구한테라도 한 번은 말하고 싶었어요,
다시 볼 사이가 아닌 사람한테.
그리고 나만큼 불행한 사람한테."

길 가다 마주쳐도 서로 모른 체 스칠 수 있는 사이, 그래서 더 편하게 이야기할 수 있었다. 가정사, 마음의 병, 자꾸 실패하는 연애에 대해서. 그들은 잘 알지도 못하면서, '무슨 일이건 힘내세요.' '당신의 편입니다.' 같은 말을 건넸다. 위로의 한 줄을 보고 있자니 이상하게 힘이 난다. 이래서 맞팔과 소통이 중요하다 했는가!

블로그를 통해 친구도 사귀었다. 블로그 이웃이었던 채리는 일상이나 식성이 나와 비슷하고 여행과 책을 좋아하는 취향마저 비슷해 서로에게 호감을 표하며 가까운 온라인 이웃으로 몇 년을 보냈다. 우연찮은 기회에 같이 몽골 사막을 여행하게 되었고 우린 진짜 '친구'가 되었다. 그녀의 표현을 빌리자면 우리는 '랜선 친구에서 오프라인 친구'가 된 셈이다. 그즈음 나는 또 남자에게 차였고 그 남자가 나를 얼마나 아프게 했는지 매일 X의 험담을 하는 일로 에너지를 소진하던 시기였다. 몽골 사막에서 채리는 나에게 말했다.

"사람이 그럴 수도 있지, 그럴 때도 있는 거야. 사람이란 게 그런 거잖아, 너라고 누굴 상처 주지 않을 것 같니?"

기지배 더럽게 냉정하네….

이후로 채리와 나는, 가끔 같이 술을 마신다. 내가 남자에게 차이면 그녀가 술을 사줬고, 그녀가 남자에게 차이면 내가 술을 사줬다. 상관없는 사이에서 상관있는 사이가 된 우린 여전히 상관없는 사람이었을 때처럼 비밀을 털어놓고 위로한다. '구질구질하게 비 오는 날 차이지 마.' 같은 우스갯소리를 하면서.

"별일 아니라는 말보다, 괜찮을 거란 말보다 나와 똑같은 상처를 가진 사람이 있다는 게 백배 천배 위로가 된다. 한 대 맞고 잠시 쓰러져있던 것뿐, 일어나자."

살다 보면 완벽한 내 편이라 여겼던 사람이 하루아침에 아무 상관없는 사람이 되기도 하고, 또 아무 상관없는 사람이 특별한 사람이 되기도 한다. 때론 특별한 사람이 필요한 날도, 아무 상관없는 사람이 필요한 날도 있다.

우리 오늘부터 아무 상관없는 특별한 사이 될래요?

별일 아니라는 말보다 괜찮을 거란 말보다
나와 똑같은 상처를 가진 사람이 있다는 게
백배 천배 위로가 된다.

한 대 맞고 잠시 쓰러져있던 것뿐 일어나자.

드라마 〈또 오해영〉 中

빨간 비밀 일기장

빨간 선생님, KBS드라마 스페셜 2017

열 살 때부터 일기를 쓰기 시작한 것 같다. 방학 동안 일기가 밀리면 한 달 치 일기를 한꺼번에 써냈다. 어느 날엔 장마였고 어느 날엔 강풍이었는데, 몰아 쓴 일기의 기분은 대부분 날씨 맑음이다. 한 달 만에 집에 온 아빠가 집 안의 온갖 물건들을 던지고 부수는 날들도 일기장 속에선 '즐거운 우리 집'이라고 쓴다. 방학 동안의 하루를 행복한 가정 속의 막내딸로 탈바꿈해 거짓 일기를 썼다. 한 달에 한 번, 학교에서 가족회의 신문을 만들어 오라고 했을 때도 온통 거짓말로 가훈과 가족 소식을 같은 반 친구들과 선생님에게 전하곤 했다. 어쩌면 이때부터 소설가를 꿈꿨다면 성공했을지도 모르겠다는 생각이 든다. 소설의 형태를 띤 일기는 수십 권의 공책으로 탑을 쌓아갔고, 이모들과 엄마는 일기장을 돌려봤다.

"도연이 3학년 여름방학 일기 다 읽었나? 빨리 갖고 온나."

연재만화를 빌려 읽듯, 엄마와 이모들은 화장실에 일기장을 비치해놓고 큰 볼일을 볼 때마다 일기들을 읽었다. 나는 우리 집에서 베스트셀러 작가였다. 여전히 초등학생 도연의 일기장은 엄마 방 서랍 속에 중요한 보물로 모셔져있다.

드라마 '빨간 선생님'의 시대적 배경은 85년도. 내가 태어난 해다. 전두환이 군사반란을 통해 대통령으로 자리를 지키던 때였고, 표현의 자유가 없는 시대였다. 우연히 금서 '장군부인의 위험한 사랑'이란 소설을 본 순덕의 담임 선생님 태남은 완전히 책에 빠져버리지만, 2권을 구할 수 없어 1권을 길에 버린다. 그걸 주운 순덕으로 인해 조용했던 시골 여학교는 완전히 뒤집힌다. 선생님 몰래 돌려보던 빨간 책은 순덕 역시 2권을 구할 수 없었고, 친구들의 성화로 순덕이 2권을 이어 쓰게 된다.

"언젠가 네가 어른이 되고 세상이 더 좋아졌을 때,
글은 그때 써도 늦지 않다고 생각한다."

중학생이 되어 나는 일기를 쓰는 것을 그만두고 팬픽을 쓰기 시작했다. 클릭비라는 보이 밴드그룹을 좋아했다. 클릭비를 보기 위해 서울까지 무궁화호를 타고 올라가 지하철을 몇 번쯤 갈아타고 오빠들의 숙소에 찾아갔다. 신문지를 덮고 오빠들이 나올 때까지 숙소 지하주차장에서 밤을 새우기도 했다. 지금 떠올리면 열정적인 사랑이었다. 7명의 멤버 중 오종혁과 우연석을 좋아했고 둘의 로맨스를 그린 소설을 팬카페에 연재했다.

지금도 그런 문화가 있는지는 모르겠지만 당시, 아이돌 멤버들의 사랑을 다룬 B급 동성애 팬픽이 꽤 인기였다. 물론 인기가 없어 2회 만에 자체 종료를 했다. 우연석과 오종혁은 손도 잡아보지 못한 채로, 소설은 폐기 처분되었다. 그 시절 쓴 팬픽이 인기가 많았더라면 귀여니 작가[5]처럼 인기 소설가가 될 수도 있지 않았을까? 이후로 고등학교에 진학하면서 글쓰기는 잠정적 중단을 했다. 입시를 준비하느라, 대학생활을 하느라, 연애하느라 바쁘다는 핑계로 책도 멀리했다. 10년이 지나서 블로그를 시작했고, 다시 일기를 쓰기 시작했다. 20대

---

5. 당시 유행했던 소설 '늑대의 유혹' 작가 귀여니. 지금은 뭘 하시나요.

후반이 되어서야 본격적으로 다시 책을 손에 들었다. 책을 읽으며 점점 글을 쓰고 싶다는 욕구가 치솟았다. 젊은 작가들의 책을 읽으면 샘이 나고 배가 아팠다.

하고 싶은 말도 많았다. 쓰고 싶은 글도 많았다. 나의 글을 사람들과 나누고 싶다는 생각을 했지만 먼 미래의 일이라고만 생각했다. 막연히 마흔 살이 넘으면, 인생 경험이 더 쌓이면, 하면서 미루고 미루었다. 한데… 마흔이라는 나이가 이제 멀지 않았네? 인제 그만 망설이고 시작해야 할 때라고 내 안에서 무언가가 꿈틀댄다.

'내가 쓰고 싶으면 쓰고, 책을 출간하고 싶으면 한다.'라는 형태의 독립출판 문화가 생겨나기 시작했다. 독립 출판으로 무슨 제대로 된 책이 나오겠어? 라고 오만한 생각을 안 했던 건 아니지만 처음 생각과는 다르게 완성도 높은 책과 다양한 사람들이 삶의 구석구석까지 이야기해주는 느낌이 묘하게 좋았다.

순덕과 태남이 살던 80년대엔 글을 쓰는 것조차 세상이 좋아져야 한다는데, 이 얼마나 좋은 세상인가! 읽고 싶으면 읽고 쓰고 싶으면 쓴다는 것이. 젊은이들이여! 읽고 싶으면 읽고, 쓰고 싶으면 쓰자! 내가 쓰고 싶은 글을 쓴다고 해서 누가 잡아가지 않는 세상이다. 오늘은 표현의 자유를 허락하는 시대에 태어났음에, 내가 쓰고 싶은 글을 쓰고, 또 세상에 내놓을 수 있음에 감사함을 느낀다.

세상에 낭만적인 밥벌이는 없다지만
낭만, 그거 하나 먹고 사는 인생들이 있으니
그렇게 비관적이지만은 않다.

서른넷에 노처녀는 처음이라

—

이번 생은 처음이라, tvN 2017

드라마 속 윤지호는 계약 결혼을 했다. 유부녀라는 집단에 속하면서 기혼인 친구들과 말이 잘 통하기 시작했다. 친구들은 메신저에 유부녀들만의 채팅방을 만들며 자신들만의 울타리를 만들었고 지호를 초대했다. 지호는 기분이 묘했다.

"별로 친하지도 않은 친구들인데 결혼을 했다고 하니까 친해진 기분이 들더라고요. 어떤 그룹에 속한 기분 같은 거."

나는 요즘 결혼한 친구들과 자연스레 거리감이 생겼다. 노처녀라고 모임에 날 불러주지 않는 것도, 그들끼리 채팅방을 만들어 나를 빼놓고 매일같이 수다를 떠는 것도, 나는 이해한다. 나 역시 싱글로 살아가며 생기는 이런저런 고민을 그녀들과 공유하지 않으니까. 내가 가끔 늦은 시간 맥주 한 잔이 먹고 싶을 때도, 주말에 여행을 가고 싶을 때도 그녀들에겐 연락하지 않으니까. 우리가 17살엔 버스에서 만난 잘생긴 오빠에 대해, 담임 선생님의 차별대우에 대해, 프라다 짝통 가방의 판매처에 대해 하루에 12시간을 떠들고도 부족해 "나머지 얘긴 집에 가서 통화하자!"하고 헤어지던 때가 있었다. 결혼 후 친구들은 출산의 고통에 대해서, 임신 후 몸에 변화에 대해서, 시댁의 압박에 대해서, 독박 육아에 대해서 이야기했다. 막연히 앞으로 겪어야 할 일이니까, 하는 마음으로 가만히 듣다가는 이내 답답해져 온다. 나는 여전히 회사 이야기, 잘생긴 남자 이야기, 얼마나 추하게 차였는가 하는 얘기가 재미있다. SNS에는 온통 여행 사진과 취미생활에 대한 이야기가 전부인데, 친구들의 피드에는 아기 사진이 잔뜩 올라온다. 습관적으로 엄지손가락을 뻗어 화면을 쓸어 올린다. 별로 친하지 않았던 친구가 아기 사진을 자꾸 올리면 언팔까지 서슴지 않았다. 나는 친구들의 전화를 슬슬 피하기 시작했고, 유부녀인 친구를 만나는 횟수도 점점 줄어갔다. 마음이 옹색해진 노처녀가 되어버린 걸까. 서른넷에 노처녀는 처음이라 이런 관계를 어떻게 잘 유지해야 할지 모르겠다.

또래들과 다른 길을 가고 있음에 가끔은 열등감을 느끼기도 했고, 나를 배척시키는 친구들에게 서운한 마음을 꽁꽁 걸어 잠그는 날도 있었다. 친구들에게서 시간과 마음이 점점 멀어진다.

"그냥 난 남들처럼 똑같이 평범하게 살고 싶어. 남편도 있고 애도 있는 그런 아줌마. 친구들 모임 가서 같이 시부모 얘기도 하고 애 키우는 얘기도 하고 그런 까만 코트만 입고 싶어 이제. 남들이랑 섞여 있어도 튀지 않고 똑같은 사람, 남들 하는 거 똑같이 하면서 같이 얘기하고 같이 웃는 거. 그게 내 꿈이야."

살면서 한순간도 안정적이었던 적이 없었다. 사랑도, 가족도, 금전적으로도 모두 불안했기 때문에 불안함을 지속하는 것이 일정 패턴이 되어 안정적인 느낌을 주기도 했다.

나도 남들처럼 안정적인 삶을 원했던 적도 있었다. 2년마다 혼자 이사를 하지 않아도 되고, 매번 다른 사랑에 마음을 쓰고 다치지 않아도 되는 안정감, 결혼하면 가질 수 있을까? 코가 시리고 바람이 불기 시작하면 따뜻한 스웨터를 장만하는 것처럼. 갑자기 맞는 소나기 같은 기분 말고, 속살을 후 비는 차가운 겨울바람을 맞는 기분 말고, 준비된 따스함. 그런 것이 나에게는 필요했지만 쉽게 주어지지는 않았다.

원한다고 해서 가질 수 있는 것도 아니고, 원하지 않는다고 해서 완벽히 벗어날 수도 없었다. 이번 생은 처음이라 모든 게 다 어렵다.

처음이자 마지막일 이번 생은 처음이라

이번 생은 처음이라, tvN 2017

지금 우리는 포기하는 세대, 3포 세대다.

386세대, X세대, Y세대처럼, 사회에선 우리를 "3포 세대"라고 한다. 취업을 포기하고, 결혼을 포기하고, 그리고 출산을 포기하는 세대. 토익, 자격증, 어학연수··· 모든 조건을 충족해도 취업의 문은 갈수록 높아졌기에 취업을 포기하고, 학자금 대출로 빚을 진 사회 초년생들은 집을 살 능력이 되지 못해 결혼을 포기하게 되고, 육아를 감당하기 힘들어 출산을 포기한다.

대기업에 취업도, 돈이 없어 결혼도, 출산마저도 포기해야 하는 걸까 고민하는 나, 나는 어디쯤 와있을까? 어디까지 포기해야 이 사회에 적응할 수 있을까?

윤지호는 남해에서 상경했다. 서울대 국문과를 졸업하고 꿈을 이루기 위해 글을 쓰는 서른 살 여자다. 그녀는 10년째 서울살이를 했지만 가진 돈이라곤 3백만 원이 전부다. 성공하긴 힘들고 모아놓은 돈은 없고, 고향으로 돌아가긴 자존심 상하고…. 결혼으로 현실도피를 결심한다. 남자 주인공인 남세희는 서른여덟의 비혼주의자. 그는 결혼과 출산을 포기했고, 결혼이란 강압적 사회제도라고 하며, 자신이 책임질 수 있는 것이라곤 집, 고양이, 그리고 자기 자신이라고 하며 연애나 결혼 같은 건 하지 않겠다고 선언했다. 윤지호와 남세희는 계약결혼을 한다. 이 드라마는 우리들의 이면을 그대로 비추기 때문에 웃으면서 보는 조금, 힘들었다.

"10년 동안 너도 참, 많이 치이고 다쳤구나.

올라올 땐 참 반짝거렸는데.

뭘 그렇게 열심히 살려고 했을까,

결국은 아무것도 이루지 못하고 내려갈 거면서.

이곳에 내 자리 같은 건 원래 없었던 건데."

나는 첫 취업을 준비하며 여러 기업에 면접을 다녔다. 가진 거라곤 3점을 겨우 넘는 평범한 졸업학점과 지방대 졸업장이 전부였다. 대기업에선 서류조차 받아들여지지 않았고, 어쩌다 면접 기회가 와도 꿀 먹은 벙어리처럼 우물쭈물하다 얼굴이 벌게져서 나오기 일쑤였다. '회사 분위기가 영 딱딱했어, 별로였어.'라고 친구들에게 센 척했지만, 사실은 면접장에 앉아있던 자신이 초라했다. 면접을 끝내고 테헤란로를 걸었다. 이렇게 화려하고 높은 빌딩과 많은 사무실 속에서 나를 원하는 곳은 한 군데도 없구나. 테헤란로, 세련된 이름만으로도 나를 밀쳐내는 기분이 들었다.

나는 대기업에 취업을 포기했다. 포트폴리오를 열심히 만들어둔 덕분에 대기업은 아니지만 작지만, 가능성 있는 회사에 입사했다. 서울에 온 지 10년째. 그동안 힘들고 외로워 도망치듯 서울을 떠나기도 했었지만, 결국 다시 서울이다. 광장공포증에 시달리면서도 지옥철을 타고 꾸역꾸역 출퇴근했다. 퇴근길에 반짝이는 한강 다리들을 보며, 우뚝 솟은 남산타워를 보며, 강변북로 옆 고급 빌라들의 창문들을 엿보며 열심히 살았다. 하지만 통장에는 원룸 하나 얻을 보증금조차 남아있지 않았다.

나는 대학 졸업 후 10년 동안 학자금 대출을 갚았지만, 졸업도 하기 전에 이미 신용불량자였다. 대학을 졸업하고도 내이름 석 자로 된 핸드폰 계약을 하지 못했고, 취업 후 몇 년간 신용카드조차 만들지 못했다. 서른이 넘어서야 2천만 원이 넘는 학자금 대출을 모두 갚을 수 있었다. 이제야 좀 숨통이 트인 것 같은데, 굳게 닫힌 문을 열고 이제야 자유로워졌는데, 또 다른 문을 열어야 한단다. 결혼이라는 문. 결혼하려면 여자는 최소 3천만 원이 필요하다고 했다.

"예전처럼 사랑해서 결혼하는 건
금수저들이나 하는 의식이다.
이제 우리는 그저 평범하게 먹고살기 위해
뭐라도 해야 한다."

서른이 넘으니 당연히 결혼 얘기들이 따라왔다. 연애를 시작하면 가족들은 결혼하기 괜찮은 조건의 남자인지부터 따져 물었고, 친구들은 드디어 이제 네가 시집을 가는구나, 하며 결혼부터 들먹였다. 남자 부모는 어디 사는지, 남자의 연봉은 얼마쯤 되는지, 같이 살기에 괜찮은 남자인지 같은 것들. 씁쓸했다. 매일 같은 집에서 눈을 뜨고, 따스운 밥을 함께 나눠 먹는 게 결혼이라고 생각했고, 연애를 하면서 결혼 이야기를 자연스럽게 하는 순서가 좋았다. 원룸 월세로 시작하는 것도 나쁘지 않은 것 같았다. 너는 연봉도 변변찮고, 당장 보증금도 없는 주제에, 결혼을 꿈꾸기엔 너무 가난하니까, 드라마를 너무 많이 본 탓인지 순진한 생각이란다. 연애를 떠올리면 비용과 에너지를 계산하게 된다. 모두 나보다 나은 조건의 사람인지부터 따진다. 낭만보다, 현실이라고. 사랑해서 결혼한다는 말은, 옛날얘기라고.

장래희망을 현모양처라고 적어내던 친구들이 많았던 국민학교의 분위기와는 다르게, 성인이 된 아이들은 현모양처가 꿈이라 하면, 꿈이 없다고 비난한다. 편하게만 살려 한다며 손가락질한다. 엄마를 꿈꾸는 건 촌스럽다고 여긴다. 그래서 꿈을 좇겠다 하면 이번엔 평범하지 않다고, 왜 남들처럼 연애도 못하고 결혼도 못 하느냐고 사회 부적응자 취급을 받는다. 난, 결혼, 출산마저도 포기해야 하는 걸까?

도대체 우린, 어느 편에 서서 어느 방향으로 걸어가야 할지, 무엇을 더 포기해야 할지. 인생, 어렵기만 하다.

비운의 88년생들.
대한민국의 가장 화려했던 시절에 태어나
최악의 불황을 겪고 있는 세대.
풍요와 빈곤을 동시에 맞본 세대.

그래서 우리는 비운의 88년생이라 불린다.
우리에게는 결혼도 연애도, 우리도.
그 무엇도 당연하지 않고 유대와 낭만이라는 평범함도
비용과 에너지가 되어버렸다.

드라마 〈이번 생은 처음이라〉 中

에필로그 : 마지막 화

나는 살면서 한 번도 안정감이란 걸 가진 적이 없는 것 같아, 매 순간 불안했고 모든 시간이 아슬아슬했지. 편안한 시간을 누릴 여유 없이 또 다른 위험한 선택을 하고 그 위기를 넘기는 것에 희열을 느끼며 살아왔어. 이런 내가 기특하다가도 어느 때는 고난을 자처하는 내가 밉기도 했어. 요즘 매일 밤, 생각하고 또 생각해. 나는 왜 이럴까, 내가 진정으로 원하는 삶은 무엇인가에 대해서.

나는 그저 잘 늙고 싶어, 시간이 많이 흘러 백발의 노년이 왔을 때를 생각해. 이십팔 청춘, 치열하게 살았노라고, 그리하여 이렇게 잘 늙었노라고. 여전히 매 순간 도전하고 끊임없이 뜨거운 할매가 되고 싶어. 그뿐이야.

그러니까, 지금 이 혼란들도...이또한 지나가겠지?

2018년 서른넷 도연.

90년대를 지나 쉽지 않은 시절들을 버텨

오늘까지 잘 살아남은 우리 모두에게 이 말을 바친다

우리 참 멋진 시절을 살아왔으며, 빛나는 청춘에 반짝였음을
미련한 사랑에 뜨거웠음을 기억하느냐고.
그렇게 우리 왕년에 잘나갔노라고.
그러니 어쩜 힘들지 모를 또 다른 시절을
촌스럽도록 뜨겁게 살아내보자고 말이다.

드라마 〈응답하라 1994〉 中

응답하라1988 tnN   극본 이우정

응답하라1994 tnN   극본 이우정

우리가 결혼할 수 있을까 JTBC   극본 하명희

로맨스가 필요해2 tvN   극본 정현정

로맨스가 필요해3 tvN   극본 정현정

달콤한 나의 도시 SBS   극본 송혜진 / 원작 정이현

또 오해영 tvN   극본 박해영

나의 아저씨 tvN   극본 박해영

괜찮아 사랑이야 SBS   극본 노희경

그들이 사는 세상 KBS   극본 노희경

식샤를 합시다 tnN   극본 임수미

미생 tvN   극본 정윤정 / 원작 윤태호

나 곧 죽어 KBS   극본 유수훈

더패키지 JTBC   극본 천성일

빨간 선생님 KBS   극본 권혜지

이번생은 처음이라 tvN   극본 윤난중

엄마, 왜 드라마보면서 울어?

초판 1쇄 발행 2018년 12월 05일
초판 2쇄 발행 2019년 06월 27일

지은이 | 이도연
발행인 | 정영욱
기 획 | (주)BOOKRUM
책임편집 | 김 철
디자인 | 김 철
일러스트 | 이도연
발행처 | 부크럼 출판사

주 소 | 서울특별시 구로구 구로동 237 지하이시티 1813호
전 화 | 02-5138-9973
이메일 | editor@bookrum.co.kr
홈페이지 | www.bookrum.co.kr

ISBN : 979-11-6214-240-0